文学常识丛书

诗中花

翟民　主编

黄河出版传媒集团
阳　光　出　版　社

图书在版编目（CIP）数据

诗中花 / 翟民主编. —— 银川：阳光出版社，
2016.9（2020.12重印）
（文学常识丛书）
ISBN 978-7-5525-3040-7

Ⅰ.①诗… Ⅱ.①翟… Ⅲ.①古典诗歌 – 诗歌欣赏 –
中国 – 青少年读物 Ⅳ.①I207.2-49

中国版本图书馆CIP数据核字(2016)第234861号

文学常识丛书　诗中花　　　　　　　　　　　　翟民　主编

责任编辑　徐文佳
封面设计　民谐文化
责任印制　岳建宁

黄河出版传媒集团
阳 光 出 版 社　出版发行

出 版 人　薛文斌
地　　址　宁夏银川市北京东路139号出版大厦 （750001）
网　　址　http：//www.ygchbs.com
网上书店　http：//www.shop129132959.taobao.com
电子信箱　yangguangchubanshe@163.com
邮购电话　0951-5047283
经　　销　全国新华书店
印刷装订　河北燕龙印刷有限公司
印刷委托书号　（宁）0019162

开　　本　710 mm×1000 mm　1/16
印　　张　11.5
字　　数　132千字
版　　次　2016年11月第1版
印　　次　2021年1月第2次印刷
书　　号　ISBN 978-7-5525-3040-7
定　　价　34.50元

前　言

　　源远流长的中华五千年文化，滋养着生生不息的中华民族。那些饱含圣贤宗师心血的诗歌、散文，历经了发展和不断地丰富，融入了中华民族的血脉，铸就了中华民族的脊梁，毋庸置疑地成为宝贵的文化遗产、永恒的精神食粮、灿烂的智慧结晶。然而受课时篇幅所限，能够收入到中小学教科书的经典作品必定是极少数。为此，我们精心编辑了这一套集古代经典诗歌分类赏析、古代经典散文分类赏析为一体的《文学常识丛书》。

　　本套丛书包括：古代经典诗歌分类赏析共十册——《诗中水》《诗中情》《诗中花》《诗中鸟》《诗中雨》《诗中雪》《诗中山》《诗中日》《诗中月》《诗中酒》；古代经典散文分类赏析共十册——《物华风清》《人和政通》《诙谐闲趣》《情规义劝》《谈古喻今》《修身养性》《奇谋韬略》《群雄争锋》《逝者如斯》《天下为公》。

　　读古诗，我们会发现诗人都有这样一个特征——托物言志。如用"大鹏展翅""泰山绝顶"来抒发自己对远大抱负的追求，用"梅兰竹菊""苍松劲柏"来表达自己对崇高品格的追慕；用"青鸟红豆""鸿雁传书"寄托相思，用"阳关柳色""长亭古道"排解离愁，用"浮云"来感慨人生无常、天涯漂泊，用"流水"来喟叹时光易逝、岁月更替，用"子规"反映哀怨，用"明月"象征思念……总之，对这些本没有思想感情的自然物，古代诗人赋予它们以独特的寓意，使之成为古诗中绚丽多彩的意象。正是这些意象为古诗增添了无穷的魅力。

　　古典散文同样也散发着艺术的光辉，但更引人瞩目的是它所蕴含的思

想精华,或纵论古今,或志异传奇,或微言大义,或以小见大,读后不禁让我
们对古人睿智的思想和优美的文笔赞叹不已。

希望能通过这套丛书,使广大中学生对祖国光辉灿烂的文化遗产有一
个更深刻的认识。

编者

目　录

作者简介

　　陶渊明(公元 365—427 年),东晋诗人。字元亮,曾更名潜,浔阳柴桑(今江西九江西南)人。陶渊明是中国文学史上有名的田园诗人。

菊

秋菊有佳色,裛露掇其英①。

泛此忘忧物②,远我遗世情③。

一觞虽独进,杯尽壶自倾④。

日入群动息⑤,归鸟趋⑥林鸣。

啸傲东轩⑦下,聊复得此生⑧。

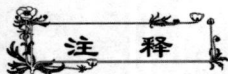

①裛:通"浥",沾湿。掇:采摘。英:花。

②泛:以菊花泡酒中。此:指菊花。忘忧物:指酒。

③远:这里作动词,使远。遗世情:遗弃世俗的情怀,即隐居。

④壶自倾:谓由酒壶中再往杯中注酒。

⑤群动:各类活动的生物。息:歇息,止息。

⑥趋:归向。

⑦啸傲:谓言行自在,无拘无束。轩:窗。

⑧得此生:指得到人生之真意,即悠闲适意的生活。

文学常识丛书

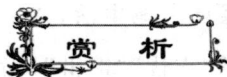

这首诗是写对菊饮酒的悠然自得,实际上却蕴藏着作者深沉的感伤之情。

"秋菊有佳色"是对菊的倾心赞美。"有佳色"三字极朴素,"佳"字还暗点出众芳凋零,唯菊有傲霜之色。"裛露掇其英",带露摘花,色香俱佳。菊可延年益寿,采菊是为了服食。服食菊花不仅在强身,还有志趣高洁的喻意,而通篇之高远寓意,亦皆由菊引发。

秋菊佳色,助人酒兴,作者不知不觉地一个人饮起酒来:"泛此忘忧物,远我遗世情。"如果作者心中无忧,就不会想到"忘忧",这里透出了作者胸中的郁愤之情。诗中的"遗世"主要是指不去做官。不过,结合"忘忧"看,这里的"遗世"也含有愤激的成分。因为作者本来很想做一番事业,只是当时政治黑暗。

一个人对菊自酌很容易感到寂寞,但五、六两句各着一"虽"字、"自"字,就洗去孤寂冷落之感。"倾"字不仅指向杯中斟酒,还有酒壶倾尽之意,见出他自酌的时间之长,兴致之高,饮酒之多。所以从这两句到"日入"两句,不仅描写的方面不同,还包含着时间的推移。随着饮酒增多,作者的感触也多了起来。

接着的两句"日入群动息"是总论,"归鸟趋林鸣"是于群动中特取一物以证之。这两句是写景,同时也是陶渊明此时志趣的寄托。趋林之鸟本来是无意中所见,但它却唤起了作者的感慨深思:"群动"皆有止息之时,飞鸟日落犹知还巢,人生何独不然?鸟儿始飞终归的过程,正好像是作者由出仕到归隐的生活历程。

最后写归隐的原因,表达了隐居终身的决心。"啸"是撮口发出长而清越的声音,是古人抒发感情的一种方式。对菊饮酒,啸歌采菊,自是人生之

诗中花

至乐。"得此生"是说不为外物所役使,按着自己的心意自由地生活。"聊复"一词又给这一切罩上了一层无可奈何的色彩,它上承"忘忧""遗世",仍然表现出壮志难酬的憾恨,并非一味悠然自得。

绝妙佳句

日入群动息,归鸟趋林鸣。

啸傲东轩下,聊复得此生。

作者简介

　　张九龄(公元 678—740 年),唐代诗人。字子寿。韶州曲江(今广东韶关)人。武后神功年间进士,官秘书省校书郎。先天元年(公元 713 年)应"道侔伊吕科"举,得高第,授左拾遗。累官至中书侍郎同平章事,迁中书令。后受李林甫排挤,罢政事,贬为荆州长史。张九龄是盛唐前期重要诗人。尤其是他的五言古诗,在唐诗发展中有很高的地位和巨大的影响。著有《张曲江集》20 卷。

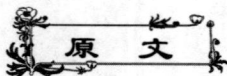

感遇十二首(其一)

兰叶春葳蕤①,桂华②秋皎洁。

欣欣此生意,自尔为佳节。

谁知林栖者,闻风坐③相悦。

草木有本心④,何求美人折?

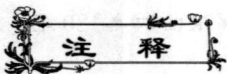

注 释

①葳蕤(wēi ruí):枝叶茂盛的样子。

②华:同"花"。

③坐:因,由于。

④本心:本性。

文学常识丛书

赏 析

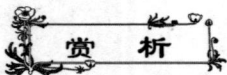

《感遇》诗十二首,大体上写于受李林甫排挤、罢相贬谪之后。此为第一首,抒发了诗人孤芳自赏不求人知的情怀,语言刚劲质朴。

诗一开始,用"兰叶春葳蕤,桂华秋皎洁"整齐的偶句,突出了两种高雅的植物——春兰与秋桂。"葳蕤"两字点出兰草迎春勃发,具有无限的生机。"皎洁"两字,精炼简要地点出了秋桂清雅的特征。

兰桂两句分写之后,用"欣欣此生意"一句一统,不论葳蕤也好,皎洁也好,都表现出欣欣向荣的生命活力。第四句"自尔为佳节"又由统而分。"佳节"回应起笔两句中的春、秋,说明兰桂都各自在适当的季节而显示它们或葳蕤或皎洁的生命特点。这里一个"自"字,不但指兰桂各自适应佳节的特性,而且还表明了兰桂各自荣而不媚,不求人知的品质。

第五句用"谁知"突然一转,从起首四句单写兰桂而引出了居住于山林之中的美人,即那些引兰桂风致为同调的隐逸之士。"谁知"两字对兰桂来说,大有意料之外的感觉。美人由于闻到了兰桂的芳香,因而发生了爱慕之情。"坐"字表示爱慕之深。诗从无人到有人,是一个突转,诗情也因之而起波澜。

"草木有本心,何求美人折?"兰逢春而葳蕤,桂遇秋而皎洁,这是它们的本性,而并非为了博得美人的折取欣赏。很清楚,诗人以此来比喻贤人君子的洁身自好,进德修业,也只是尽他作为一个人的本分,而并非借此来博得外界的称誉,以求富贵利达。全诗的主旨,到此方才点明;而文章脉络也一贯到底。

绝妙佳句

草木有本心,何求美人折?

作者简介

　　孟浩然(公元 689—740 年),唐代诗人。襄州襄阳(今湖北襄樊)人,世称孟襄阳。因他未曾入仕,又称之为孟山人。早年隐居鹿门山。40 岁时,游长安,应进士不第。后为荆州从事,开元末,疽发背卒。

洛中访袁拾遗不遇

洛阳访才子①,江岭②作流人。

闻说梅花早,何如北地春。

注 释

①才子:即指袁拾遗。

②江岭:指大庚岭,过此即是岭南地区,唐代罪人往往流放于此。

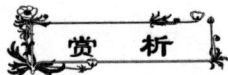

9

赏 析

诗的前两句点题。"洛阳"紧扣"洛中""才子"即袁拾遗;"江岭作流人"暗点"不遇"。孟浩然是襄阳人,如今到了洛阳特来拜访袁拾遗,足见二人感情之厚。称之为"才子",足以说明作者对袁拾遗景仰之深。用"江岭"与"洛阳"相对,用"才子"与"流人"相对,揭露了当时政治的黑暗、君主的昏庸。"才子"是难得的,本来应该重用,然而却作了"流人",由"洛阳"而远放"江岭",这是极不合理的社会现实,何况这个"流人"又是自己的挚友呢。这两句对比强烈,突现出作者对现实的不满。

"闻说梅花早,何如北地春"两句,写得洒脱飘逸,联想自然。大庚岭古时多梅,又因气候温暖,梅花早开。从上句"早"字,见出下句"北地春"中藏一"迟"字。早开的梅花,是特别引人喜爱的。可是流放岭外,怎及得留居北地故乡呢?此诗由"江岭"而想到早梅,从而表现了对友人的深沉怀念。而这种怀念之情,并没有付诸平直的叙述,而是借用岭外早开的梅花娓娓道出。诗人极言岭上早梅之好,而仍不如北地花开之迟,便有波澜,更见感情的深挚。

全诗四句,包含了相当复杂的情绪,既有不平,也有伤感;感情深沉,却含而不露,是一首精炼而含蓄的小诗。诗中贯穿着两个对比。用人对比,从而显示不平;用地对比,从而显示伤感。结尾一个反问句,使得作者的真意更加鲜明,语气更加有力,伤感的情绪也更加浓厚。

绝妙佳句

闻说梅花早,何如北地春。

文学常识丛书

夏日南亭怀辛大①

山光忽西落,池月渐东上②。

散发③乘夕凉,开轩卧闲敞。

荷风送香气④,竹露滴清响。

欲取鸣琴⑤弹,恨无知音赏⑥。

感此⑦怀故人,终宵⑧劳梦想。

诗中花

注释

①夏日:一作"夏夕"。怀:怀念。辛大:生平不详,大概是他在兄弟间的排行。

②池月:池边的月亮。东上:从东边升起。

③散发:古代男子蓄发,盘于头顶,把发散开,表示不受拘束,自在舒适。

④"荷风"句:是指清风送来荷花的幽香。

⑤鸣琴:就是琴,因琴能发声,所以称鸣琴。

⑥恨:遗憾。知音:这里指辛大。赏:欣赏。

⑦感此:有感于此。指眼前无知音。

⑧终宵:一整夜。一作"中宵",半夜。

赏 析

　　这首诗是怀人之作。前六句是写景,由山光、池月入笔,写到荷花的幽香、清响的露滴,既有空间的变化,也有时间的转移,而景物清爽宜人,则烘托出心境的悠然自得。后四句抒怀,写对友人辛大的思念和知音难觅的感慨。前后过渡自然,不露痕迹。全篇情趣高雅闲适,又流露出孤寂的淡淡悲凉,为孟浩然诗的代表作之一。

绝妙佳句

　　荷风送香气,竹露滴清响。

文学常识丛书

作者简介

李颀(约公元 690—约 751 年),东川(今四川三台)人。唐玄宗开元进士,仕途不得意,后归隐。与高适、王维、王昌龄友善,以边塞诗见称。

诗中花

听安万善吹觱篥①歌

南山截竹为觱篥，此乐本自龟兹②出。

流传汉地曲转奇，凉州胡人③为我吹。

傍邻闻者多叹息，远客思乡皆泪垂。

世人解听不解赏，长飙④风中自来往。

枯桑老柏寒飕飗⑤，九雏鸣凤乱啾啾。

龙吟虎啸一时发，万籁⑥百泉相与秋。

忽然更作渔阳掺⑦，黄云萧条白日暗。

变调如闻杨柳⑧春，上林⑨繁花照眼新。

岁夜高堂列明烛，美酒一杯声一曲。

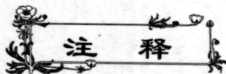
注释

①觱篥(bì lì)：竹制管乐器，又叫笳管。

②龟兹(qiū cí)：古国名，在今新疆库车一带。

③凉州胡人：即安万善。

④长飙(biāo)：疾风。

⑤飕飗(sōu liú)：风声。

⑥万籁(lài)：自然界发出的各种声响。

⑦渔阳掺(càn)：鼓曲名。

⑧杨柳：即指古曲《折杨柳》，也指杨柳春色，语义双关。

⑨上林：古苑名，借指唐宫。

赏　析

此为描写音乐的名作之一。在客居异乡的除夕之夜，听着悲凉而强烈的异族音乐，虽然也有春色照眼的欢悦，但主体情绪却是"远客思乡皆泪垂"，油然而生游子的漂泊之感。诗歌借助比兴并采用频繁换韵的方式，将乐曲和情感的变化刻画得生动细腻而形象鲜明，很能代表李颀七言歌行奔放激扬的风格特色。

绝妙佳句

变调如闻杨柳春，上林繁花照眼新。

岁夜高堂列明烛，美酒一杯声一曲。

诗中花

15

作者简介

　　綦毋潜(公元692—约749年),字孝通(一作季通),虔州南康(今属江西)人。唐玄宗开元进士,累官至著作郎。多寄情方外、追慕隐逸之作。

原文

春泛若耶溪

幽意无断绝，此去随所偶①。
晚风吹行舟，花路入溪口。
际②夜转西壑，隔山望南斗。
潭烟飞溶溶③，林月低向后。
生事且弥漫④，愿为持竿叟。

注释

①偶：遇。
②际：至。
③溶溶：水气荡漾的样子。
④弥漫：大水茫茫无际的样子，这里有渺茫难料之意。

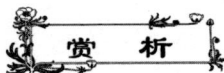

赏析

　　诗人以展示随遇而安的心境发端，以"行舟"所见为序，再现出清幽深邃的夜景，写出了春夜泛舟的无穷乐趣。结尾两句抒怀，以超然于世事渺茫之外的钓翁意象，道出了诗人的隐逸之思，并与发端呼应。全诗将幽雅的意境同脱俗的情怀融为一体，韵味深远，情思恬淡，耐人回味。

绝妙佳句

潭烟飞溶溶，林月低向后。

作者简介

　　王昌龄(约公元 698—756 年),字少伯。京兆长安(今陕西省西安市)人。盛唐诗人。开元十五年(公元 727 年)中进士,补秘书省校书郎,调汜水尉。后以故遭谪岭南。开元二十八年(公元 740 年)为江宁县丞。天宝七年(公元 748 年)又贬为龙标尉。安史之乱爆发,他返回江宁,被亳州刺史闾丘晓杀害。

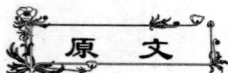

采 莲 曲

荷叶罗裙一色裁,芙蓉向脸两边开。
乱入池①中看不见,闻②歌始觉有人来。

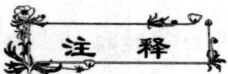

①池:池塘。
②闻:听见。

这首诗写的是采莲少女,中心自然是采莲少女们,但作者却始终不让她们明显地出现,而是用荷叶与罗裙一样绿、荷花与脸庞一样红、不见人影闻歌声等手法加以衬托描写,巧妙地将采莲少女的美丽与大自然融为一体。使全诗富于诗情画意,饶有生活情趣。

"荷叶罗裙一色裁,芙蓉向脸两边开。"巧妙地把采莲少女和周围的自然环境组成一个和谐统一的整体。把这两句联成一体,读者仿佛看到,在那一片绿荷红莲丛中,采莲少女的绿罗裙已经融入片片荷叶之中,几乎分不清孰为荷叶,孰为罗裙;而少女的脸庞则与鲜艳的荷花相互照映,人花难辨。让人感到,这些采莲女子简直就是美丽的大自然的一部分。

"乱入池中看不见",紧承前两句而来。所写的正是伫立凝望者在刹那

文学常识丛书

间所产生的一种人花莫辨,是也非也的感觉,一种变幻莫测的惊奇与怅惘。本已"不见",忽而"闻歌",方知"有人";但人却又仍然掩映于荷叶荷花之中,故虽闻歌而不见她们的身姿面影。这一描写,更增加了画面的生动意趣和诗境的含蕴。

绝妙佳句

乱入池中看不见,闻歌始觉有人来。

作者简介

　　崔国辅，山阴（今绍兴）人，一说吴郡（今苏州）人。开元十四年（公元 726 年）进士。做过县令，后任集贤院直学士（直学士，位在学士之下）、礼部员外郎。天宝年间贬为竟陵司马。其诗风格清新明丽而又柔曼可歌，承续了《子夜》《读曲》等南朝乐府民歌的一脉，与李白、王维成为盛唐五绝的三鼎足（陈伯海《唐诗学引论》）。

采 莲 曲

玉溆①花争发,金塘②水乱流。

相逢畏相失,并著木兰舟③。

①溆:水塘边。

②金塘:荷塘。

③并著:并排靠着前进。木兰舟:相传鲁班曾用吴地的木兰树刻制木
兰舟,后代多用作舟的美称。

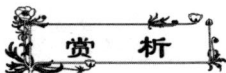

诗中花

23

这是一首活泼清新的抒情小诗,诗人通过捕捉富有诗情画意的景物,
来反映盛唐社会生活的一个侧面。

一、二两句对仗,写塘边之花与塘中之水。塘边之花与塘中之人相互
辉映,但诗人并不点破,而是留与读者去想象。用"玉""金"两个字,固然是
继承南朝乐府艳曲丽辞的传统,但也写出了塘边之明亮洁净,塘水的金光
闪闪,而且暗示这是一个阳光明媚的日子。

三、四两句写一对情侣的相逢。"畏相失"是因为"水乱流",脉由第二

句发展而来。为了不使两只小船被乱流冲散,所以"并著木兰舟",把小船靠在了一起,显得非常自然。

绝妙佳句

玉溆花争发,金塘水乱流。

文学常识丛书

作者简介

　　常建，生卒年不详，开元进士，曾任盱眙尉。仕途失意，后隐居鄂州武昌。其诗多为五言，常以山林、寺观为题材，也有部分边塞诗。作《常建集》。

破山寺后禅院①

清晨入古寺,初日照高林。

曲径通幽处,禅房花木深。

山光悦鸟性,潭影空人心②。

万籁③此皆寂,惟闻钟磬音。

注 释

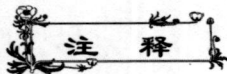

①破山寺:即兴福寺,在今江苏常熟县虞山北。后禅院:即僧人居住的地方。

②空人心:指去掉人的俗念。

③万籁:自然界的各种声响。

赏 析

破山寺,即破山兴福寺,在今江苏常熟县虞山北。此篇记清晨入寺的所见所感,在生动形象地摹写古寺的幽深静寂、闲逸高雅中,表现出一种淡泊澄澈自得自乐的"静"的情趣。艺术上,本诗不仅构思新颖,而且长于炼词、炼意。欧阳修说:"吾常喜诵常建诗云'曲径通幽处,禅房花木深',故效其语作一联,久不可得,乃知造意者为难工也。"(《欧阳文忠公集》外集《题

青州山斋》)

绝妙佳句

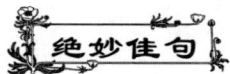

　　曲径通幽处,禅房花木深。

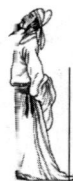

作者简介

　　王维(公元 701—761 年),字摩诘,太原祁(今山西祁县)人。开元进士,曾奉使出塞。张九龄罢相后渐趋消极,安史乱中曾受伪署,两京收复,被降职,官终尚书右丞。平生好佛,半官半隐,山水田园诗最受人称道,苏轼称之为"诗中有画"(《书摩诘蓝田烟雨图》)。

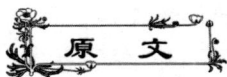

诗中花

洛阳女儿行

洛阳女儿对门居，才可容颜十五余。

良人玉勒乘骢马^①，侍女金盘脍^②鲤鱼。

画阁珠楼尽相望，红桃绿柳垂檐向。

罗帷送上七香车，宝扇迎归九华帐。

狂夫富贵在青春，意气骄奢剧季伦^③。

自怜碧玉^④亲教舞，不惜珊瑚持与人。

春窗曙灭九微^⑤火，九微片片飞花琐。

戏罢曾无理曲^⑥时，妆成只是熏香坐。

城中相识尽繁华，日夜经过赵李家^⑦。

谁怜越女^⑧颜如玉，贫贱江头自浣纱。

29

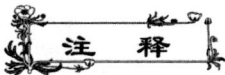
注释

①骢（cōng）马：毛色青白相间的马。

②脍：切细的鱼肉。

③剧：甚于、超过。季伦：西晋石崇字季伦，以豪奢闻名。

④碧玉：南朝刘宋汝南王的侍妾，此借指洛阳女儿。

⑤九微：灯名。

⑥戏：游耍。理曲：练习曲子。

⑦赵李家:汉成帝后妃赵飞燕、李平的亲属,此代指豪门贵戚。

⑧越女:指西施。

赏　析

此篇题下原注"时年十六",说明是诗人少年时代的作品。全篇极尽铺叙之能事,描写一位小家碧玉骤得富贵后的豪华,以及在陪伴丈夫之外,"妆成只是熏香坐",无所事事的空虚。同浣纱的越女相比,命运如何?围绕一个"怜"字,前十八句为描述的主体,似扬实抑;后二句为点睛之笔,似抑实扬。《唐诗别裁》指出:"结意况君子不遇也,与《西施咏》同一寄托。"诗篇寓意鲜明,对照强烈,余韵不尽,显示了诗人早年的才华。

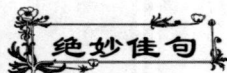

绝妙佳句

谁怜越女颜如玉,贫贱江头自浣纱。

作者简介

　　李白(公元 701—762 年)，字太白，号青莲居士。祖籍陇西成纪(今甘肃省天水市附近的秦安县)，隋朝末年其先祖因罪住在中亚细亚。李白的家世和出生地至今还是个谜，学术界说法不一。

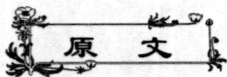

长相思二首

长相思，在长安。

络纬秋啼金井阑①，微霜凄凄簟②色寒。

孤灯不明思欲绝，卷帷望月空长叹。

美人如花隔云端，上有青冥之长天，

下有渌水③之波澜。

天长地远魂飞苦，梦魂不到关山难。

长相思，摧心肝。

日色欲尽花含烟，月明如素④愁不眠。

赵瑟⑤初停凤凰柱，蜀琴⑥欲奏鸳鸯弦。

此曲有意无人传，愿随春风寄燕然⑦。

忆君迢迢隔青天，昔时横波目，

今作流泪泉。

不信妾肠断，归来看取明镜前。

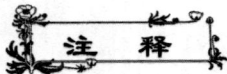

注　释

①络纬：又名莎鸡，俗称纺织娘。阑：同"栏"，栏杆。

②簟（diàn）：竹席。

③渌水：清水。

④素：洁白的绢。

⑤赵瑟：战国时赵国人好鼓瑟。

⑥蜀琴：蜀中桐木宜造琴，蜀地所造琴即蜀琴。

⑦燕（yān）然：即杭爱山，在蒙古境内。代指士兵戍守之地。

赏 析

此为模仿民歌之作，自然真切，耐人回味。其一抒发"美人迟暮"之感，表现了诗人政治理想不能实现的苦闷和哀伤，含蕴深远，韵致清凄。其二为思妇诗，记闺中妇女对远戍绝域的丈夫绵绵不尽的相思。词语流丽绮美，音韵谐和。"横波"的美目变作泪泉的夸张和比拟，叫人拍案称奇。

绝妙佳句

日色欲尽花含烟，月明如素愁不眠。

清平调①三首

其一

云想衣裳花想容,春风拂槛露华②浓。

若非群玉山③头见,会向瑶台④月下逢。

其二

一枝红艳⑤露凝香,云雨巫山⑥枉断肠。

借问汉宫谁得似,可怜飞燕⑦倚新妆。

其三

名花倾国⑧两相欢,长得君王带笑看。

解释⑨春风无限恨,沉香⑩亭北倚阑干。

文学常识丛书

注　释

①清平调:题为乐府调名,实际上这组清平调是李白用七绝格律自创的。

②槛:栏杆。华:花。

③群玉山:神话传说中西王母所居的仙山。

34

④瑶台:传说在昆仑山,是西王母居住的宫殿。

⑤红艳:指牡丹。

⑥云雨巫山:指楚王与巫山神女欢会事,典出宋玉《高唐赋》。

⑦飞燕:汉成帝宠妃赵飞燕。

⑧倾国:喻美色惊人。典出汉李延年《佳人歌》:"一顾倾人城,再顾倾人国。"

⑨解释:消散。

⑩沉香:亭名,沉香木所筑。

赏 析

此为李白在长安供奉翰林时奉诏之作。当时,唐玄宗与杨贵妃在兴庆宫沉香亭前赏牡丹花,宣李白写诗助兴。李白挥笔而成,玄宗极为赞赏。

第一首赞颂杨妃美丽。前两句以云、花烘托贵妃的体态容颜,并用牡丹的姣美作陪衬,突现出了贵妃的光彩照人。后两句以仙境、仙人为喻,色彩淡雅,展示出贵妃脱俗的仙子风韵。

第二首描述贵妃因美而备受恩宠。首句以牡丹的色香喻贵妃。二句以巫山神女作对比,说明贵妃的存在并非虚幻的梦想,而是现实。三、四句进一步以飞燕作比,突出了贵妃的天然艳丽。

第三首叙写玄宗面对名花美人的乐趣和得意。能消除"无限恨",贵妃的美艳、玄宗的满足于此可知。这三首诗花人并咏,雍容华贵,神采飞扬,富于比兴,情态可掬。

绝妙佳句

云想衣裳花想容,春风拂槛露华浓。

长 干 行

妾发初覆额,折花门前剧①。

郎骑竹马来,绕床弄青梅。

同居长干里②,两小无嫌猜。

十四为君妇,羞颜未尝开。

低头向暗壁,千唤不一回。

十五始展眉,愿同尘与灰。

常存抱柱信③,岂上望夫台。

十六君远行,瞿塘滟滪堆④。

五月不可触,猿声天上哀。

门前迟行迹,一一生绿苔。

苔深不能扫,落叶秋风早。

八月蝴蝶黄,双飞西园草。

感此伤妾心,坐愁红颜老。

早晚下三巴⑤,预将书报家。

相迎不道远,直至长风沙⑥。

文学常识丛书

36

注 释

①剧:游戏。

②长干里:里巷名,为金陵(今南京)船民集居之地。

③抱柱信:《庄子·盗跖》写尾生与一女子相约于桥下,女子未到而突然涨水,尾生守信不去,抱着柱子被水淹死。后以抱柱信指信守约定。

④滟滪(yàn yù)堆:三峡之一的瞿塘峡口的巨礁,今已炸毁。

⑤三巴:巴东、巴郡、巴西称三巴,在今四川东北部。

⑥长风沙:古地名,在今安徽安庆市东长江边,水势险急。陆游《入蜀记》说南京至此距离为700里。

赏 析

此为思妇诗,以自述的口吻表现对外出经商不归的丈夫的深深思念。前十四句叙丈夫离家前的相爱和结婚,从童年的两小无猜写到婚后的夫妻恩爱,渲染出幸福的气氛;后十六句写对丈夫的思念和哀伤,以想象之笔描述入蜀的艰险,思妇对丈夫的深情关切见于言外。全篇注重细节描写,朴素真实,生活气息浓郁;感情展示细腻缠绵,一往情深,人物形象跃然纸上。

绝妙佳句

郎骑竹马来,绕床弄青梅。

37

作 者 简 介

储光羲(约公元 706—约 763 年),唐代诗人。祖籍兖州(今属山东)。开元十四年(公元 726 年)进士,授冯翊县尉。但是仕宦不得意,隐居终南山的别业。后出山任太祝,世称储太祝。天宝末,奉使至范阳。安史乱起,叛军攻陷长安,他被俘,迫受伪职,后脱身归朝,贬死岭南。著有《正论》15 卷、《九经外义疏》20 卷,并佚;有《储光羲集》5 卷,《全唐诗》编为 4 卷。

江 南 曲

日暮①长江里,相邀归渡头。

落花如有意②,来去逐③船流。

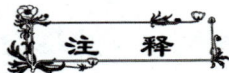

①日暮:太阳落山。

②如有意:好似有意又好似无意。

③逐:追逐。

储光羲描绘江南水乡民情风俗的五言绝句共四首《江南曲》,本篇是第三首。

首句"日暮长江里"为以下三句诗所写情事布置了一个特定的环境。"日暮"与"长江里"这两个分别表示时间与地点的片语一经组合,就会在读者的联想中构成一幅优美的画面:残阳斜照,深碧的江面上,闪动着橘红色的光点。景色迷人。

次句"相邀归渡头"紧承首句。天色已晚,采莲的、打鱼的人儿都该回家了,一只只的帆船,满载着劳动的果实,竞相驶往渡口。此刻,人们的心

情是愉悦的,歌声、嬉笑声、此起彼落的打招呼的声音回荡在江面上,呈现一派欢乐的气氛。"相邀"二字就渲染了归渡头时人们这种快乐的情绪。

"落花如有意,来去逐船流"描绘了一个饶有意趣的场景。"如有意"三字赋予"落花"以生命,将其人格化,这样就使落花逐船流的自然现象具有了象征的意义,"落花如有意,来去逐船流",实际上是写出了回归渡口途中,青年男女们驾着小船,相互追逐嬉戏的情景。"来去逐船流"一句的目的并不在于描写落花逐船的自然景象,而是借以映现此时此地青年男女们那隐隐约约的情思。透过这两句诗所展示的生活画面,我们可以窥见青年男女们那复杂而又微妙的内心世界。

绝妙佳句

落花如有意,来去逐船流。

文学常识丛书

作者简介

　　杜甫(公元 712—770 年)，字子美，祖籍襄阳(今属湖北)，生于河南巩县，唐代伟大的现实主义诗人。诗风沉郁顿挫，影响深远。其诗被尊为"诗史"。今余诗 1500 余首。

南 征①

春岸桃花水,云帆枫树林②。

偷生长避地,适远更沾襟。

老病南征日,君恩北望心③。

百年歌自苦④,未见有知音。

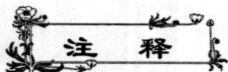

注 释

①南征:诗人由岳阳往长沙途中所作,这时距他去世只有一年。反映了诗人死前极度矛盾的思想感情。

②"春岸"二句:春水方生,桃花夹岸,锦浪浮天;云帆一片,征途千里,极目四望,枫树成林。

③"老病"二句:年老多病之身,理应北归长安,命运却迫使他南往衡阳;即使是这样,仍然一片忠心,不忘报效朝廷的恩惠。君恩,当指经严武表荐,蒙授检校工部员外郎一事。

④"百年"句:一生赋诗千百首,都是自吟自苦。

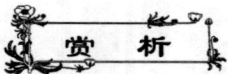

赏 析

此诗是大历四年(公元769年)春,杜甫由岳阳往长沙途中所作。这时

距他去世只有一年。诗篇反映了诗人死前不久极度矛盾的思想感情。

"春岸桃花水，云帆枫树林"写南行途中的春江景色。这是一幅多么美妙迷人的大自然图景。

"偷生长避地，适远更沾襟"表现了诗人长年颠沛流离，远适南国的羁旅悲愁。如果是一次愉快的旅行，面对眼前的美景，诗人应该分外高兴。可是诗人光景不多，前途渺茫，旅程中的忧郁情怀与春江上的盎然生意，就很不协调。触景伤情，怎能不泣不沾襟呢？

"老病南征日，君恩北望心"道出了诗人思想上的矛盾。诗人此时已是年老多病之身，按理应当北归长安，然而命运却迫使他南往衡阳。这不是很可悲么？但即使这样，诗人仍然一片忠心，向往着报效朝廷。"君恩"当指经严武表荐，蒙授检校工部员外郎一事。这里，诗人运用流水对，短短10个字，凝聚着丰富的内容。"南征日""北望心"6字，通过工对，把诗人矛盾心情加以鲜明对照，给人很深的印象。

诗人"老病"还不得不"南征""百年歌自苦，未见有知音"二句对此作了回答。杜甫是有政治抱负的，可是仕途坎坷，壮志未酬，他有绝代才华，然而"百年歌自苦"，一生苦吟，又能有几人理解？他在诗坛的光辉成就生前并未得到重视，这怎能不使诗人发出"未见有知音"的感慨呢？这确是杜甫一生的悲剧。三、四两联，正是杜甫晚年生活与思想的自我写照。

绝妙佳句

百年歌自苦，未见有知音。

春 望①

国破②山河在,城春草木深。

感时花溅泪,恨别鸟惊心③。

烽火连三月④,家书抵万金。

白头搔更短,浑欲不胜簪⑤。

注 释

①春望:春天来了,诗人登高远望。

②国破:指国都长安被安史叛军占领。

③"感时"二句:因感叹国事的艰难,长安的花鸟都为之落泪惊心。

④烽火:古时报警的烟火。此处指战争。三月:言时间很长,非确数。

⑤浑:简直。不胜簪:因头发短少,连簪子也插不上。

赏 析

　　此为诗人被安史乱军拘系于长安时所作。前四句写春望之景,后四句抒春望之情。国家残破,亲人离散,眼前春景徒使人百感交集。诗人对时局的忧虑,对亲人的思念,全通过"感时""恨别"淋漓尽致地表现了出来。此为杜诗中忧国思亲的名篇之一。

绝妙佳句

感时花溅泪,恨别鸟惊心。

诗中花

45

别房太尉墓

他乡复行役,驻马别孤坟。

近泪无干土,低空有断云。

对棋陪谢傅①,把剑觅徐君②。

唯见林花落,莺啼送客闻。

注 释

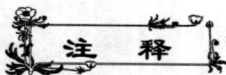

①谢傅:晋代名将谢安在淝水之战中从容对敌,乘空与人对棋,终获全胜。用以比房太尉。

②把剑觅徐君:《说苑》载,吴季札路过徐国,知徐君爱其宝剑;返回时,徐君已死,便把剑系于徐君墓树而去。用以喻知遇之恩,生死如一。

赏 析

房太尉即房琯,天宝十五年(公元756年)拜相,肃宗时因指挥陈陶斜之役失败被贬,代宗广德元年(公元763年)死于阆州(今四川阆中)僧舍,赠太尉。此为房琯死后第二年,杜甫在阆州城外凭吊房琯墓所作。诗人与房琯是布衣交,政治上志同道合。杜甫之由左拾遗移官华州掾,就因为疏救房琯,触怒肃宗。而今房琯死于阆州,诗人也漂泊来到阆州,见到身后寂寞的太尉墓,自是悲从中来,不能自已。诗的前四句写坟前的哀悼,羁旅行役之人来祭悼客死者的孤坟,生者死者的无限凄凉已不言自明。后四句写临别时的留恋,虽有感房琯知遇之恩之意,但重点是突现墓地的孤寂,祭奠无人。结尾两句寓情于景,既寄托了对房琯的无限哀思,也反映了乱离时期人生的凄凉与不幸。

绝妙佳句

唯见林花落,莺啼送客闻。

作者简介

　　皇甫冉(公元 717—770 年),字茂政,润州丹阳(今属江苏)人。天宝进士,大历中累官至左补阙。工诗文,长于写景抒怀。

文学常识丛书

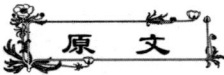

春 思

莺啼燕语报新年，马邑龙堆①路几千。

家住层城②邻汉苑，心随明月到胡天。

机中锦字③论长恨，楼上花枝笑独眠。

为问元戎窦车骑④，何时返旆勒燕然⑤。

①马邑：秦时北地边城，故城在今山西朔县。龙堆：即白龙堆，今名库姆塔格沙漠，在今新疆天山南麓罗布泊至甘肃敦煌古玉门关之间。

②层城：京城长安因有内外两城，故称。

③机中锦字：指北朝苏蕙因怀念丈夫，织锦为回文诗之事。诗凡840字，纵横反复皆成文章。

④元戎：主帅。窦车骑：东汉窦宪曾任车骑将军，率兵破匈奴。此指边境主帅。

⑤返旆(pèi)：班师返回。旆为主将的旌旗。勒燕然：窦宪大败匈奴后登燕然山刻石纪功而还。

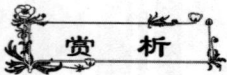

　　此为写闺怨之作。前四句写思妇在春日思念远戍的丈夫,后四句写由思念而生恨以及盼望团聚的心理变化,进一步突出了思妇的悲苦之情。全诗情思绵邈,语言流丽,《唐诗别裁》以为可列为"'卢家少妇'之亚""惟'笑独眠'句工而近纤,或难与沈诗争席耳"。

绝妙佳句

　　机中锦字论长恨,楼上花枝笑独眠。

作者简介

　　钱起(公元 722—782 年),字仲文,吴兴(今浙江湖州)人。唐代诗人。天宝年间考中进士,初任秘书省校书郎。安史乱起,逃难在外,干元初,任蓝田尉,与隐终南山的王维唱和,甚得王维称赞。钱起是"大历十才子"的首领,在当时诗名极大,诗多写景之作。

山 花

山花照坞①复烧溪,树树枝枝尽可迷②。

野客未来枝畔立,流莺已向树边啼。

从容只是愁风起,眷恋常须向日西。

别有妖妍胜桃李,攀来折去亦成蹊③。

注 释

①坞:地势周围高而中央凹的地方。

②迷:沉迷。

③蹊:小路。

赏 析

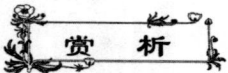

这首诗描写的是美艳动人的山间野花。从山花处僻野之处不求争艳,却有胜过桃李的独特风姿,引得人争相欣赏,并暗用"桃李不言,下自成蹊"的典故看,含有以花喻人的深意。

山花既没有美名,又处在山野之中,但是色泽却十分的艳丽,光彩夺目,照亮了整个山坞,那灿烂的颜色映入山间溪水,整条小溪都似乎被燃烧起来。

文学常识丛书

第一句已写出山花色彩之艳丽异常，且分布的范围极为广阔，正是因此，树树枝枝都使人陶醉沉迷。这两句正面描写，如同大笔渲染，一片红艳展现眼前。

第三句和第四句转而从侧面烘托。野客未来，流莺已至，足见花的吸引力已达到人与物共感的地步。

第五和第六句写自己赏花的心理和感受。细细欣赏，爱怜万分，唯恐风起花落，流连难舍，往往到黄昏时分仍不舍离去。从心理感受的层次进一步渲染花的迷人程度。

最后以"胜桃李"做出明确的判断，并且如同桃李一样，"下自成蹊"，这对处山间僻野且无名分的山花而言，其感召力其实已远远超过桃李。

大历诗人大多逃避现实，隐处山林，诗多写景物或隐居生活，曾被人讥为"窃占青山白云，春风芳草"，但是，他们由于经历了唐王朝的盛衰巨变，面对险恶的政治环境不得不选择避世之路，诗中也多有对往昔的回忆，因此，钱起的这首诗实际上是以山花比喻隐居高士。

53

绝妙佳句

野客未来枝畔立，流莺已向树边啼。

谷口书斋寄杨补阙①

泉壑带茅茨②，云霞生薜帷③。

竹怜④新雨后，山爱夕阳时。

闲鹭⑤栖常早，秋花落更迟。

家僮扫萝径⑥，昨与故人期⑦。

注释

①谷口：在今陕西泾阳县西北泾水出山之处，传说是黄帝升仙之地。

杨补阙：生平不详。补阙，官名。

②带：绕，环绕。茅茨：茅屋，即书斋。

③薜帷：薜荔藤爬满墙头，如同帷幕一般。

④怜：喜爱。

⑤鹭：水鸟。

⑥萝径：指门前为女萝所掩映的小路。

⑦故人：老友，指杨补阙。期：相约。

赏析

此为邀请友人入山相会之作。前六句极力描写谷口风光的优美，将如

画的秋色，从早到晚依次展示出来；末二句再次发出邀请，表达了朋友之间的默契与真诚。本篇极善状物绘景，它采用人格化手法描写水、云、竹、山、鹭、花等等，使得景物既极富感情，又饱含生机。

绝妙佳句

竹怜新雨后，山爱夕阳时。

诗中花

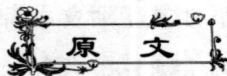

赠阙下裴舍人①

二月黄鹂飞上林②,春城紫禁晓阴阴。

长乐③钟声花外尽,龙池④柳色雨中深。

阳和不散穷途恨,霄汉常悬捧日心⑤。

献赋十年犹未遇,羞将白发对华簪⑥。

注　释

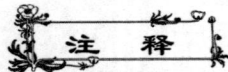

①阙下:宫阙之下,帝王住处。舍人:中书舍人。

②上林:汉代宫苑名,泛指皇家宫苑。

③长乐:汉宫名,此指唐宫。

④龙池:唐玄宗登基前王邸中小湖,即位后改王邸为兴庆宫,常于此宫听政。

⑤捧日心:喻忠于皇帝之心。

⑥华簪:华贵的簪饰,指裴舍人。

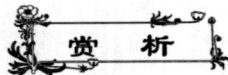

文学常识丛书

赏　析

此为投赠之作,意在请求援引,并抒写不遇之感。前四句写宫廷风光,寄情于景,对裴舍人的恭维溢于字里行间;后四句委曲致意,在不遇于时的慨叹中表露求援主旨。全诗字斟句酌，曲折含蓄，颇能见出诗人的才华。

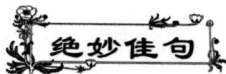

绝妙佳句

献赋十年犹未遇，羞将白发对华簪。

诗中花

57

作者简介

　　韦应物(公元 737—约 789 年),京兆长安(今陕西西安)人,曾仕唐玄宗、肃宗、代宗、德宗四朝,历官滁州、江州、苏州刺史。诗多写田园风物,名声甚大,后世或以"陶(渊明)韦"并称,或以"王(维)孟(浩然)韦柳(宗元)"并称。

寄李儋①元锡

去年花里逢君别，今日花开又一年。

世事茫茫难自料，春愁黯黯②独成眠。

身多疾病思田里，邑有流亡愧俸钱。

闻道欲来相问讯，西楼③望月几回圆。

诗中花

59

①李儋：字元锡，曾官殿中侍御使，与诗人友善。

②黯黯：心神暗淡的样子。

③西楼：安徽滁州西楼。

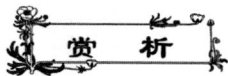

　　此为诗人写于滁州的寄友诗。前四句写别后思友，表达出仕途艰危的感慨；后四句写客居心境，表达盼望友人一会之意。此诗抒发了诗人的怀抱和苦闷，展现了忧国忧民的情怀和思归田里的心曲。"身多"两句向来备受称道，范仲淹称为"仁者之言"，黄彻认为："有官君子当切切作此语，彼有一意供租、专事土木而视民如仇者，得无愧此诗乎！"

身多疾病思田里,邑有流亡愧俸钱。

长安遇冯著

客从东方来，衣上灞陵①雨。

问客何为来，采山因买斧。

冥冥②花正开，扬扬燕新乳③。

昨别今已春，鬓丝生几缕。

诗中花

注释

①灞陵：灞上，汉文帝葬于此，遂改称灞陵，在今西安市东。

②冥冥：静默的样子。

③扬扬：轻快飞翔的样子。新乳：初生的小燕。

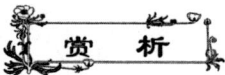
赏析

　　此诗写故友重逢，表现了对友人的关切。诗人汲取乐府歌行的表现手法，将叙事、写景、抒情三者有机结合，含蓄风趣，语浅而情深。

61

昨别今已春,鬓丝生几缕。

原文

夕次盱眙①县

落帆逗②淮镇,停舫③临孤驿。

浩浩风起波,冥冥日沉夕。

人归山郭暗,雁下芦洲白④。

独夜忆秦关,听钟未眠客。

注释

①次:停宿。盱眙(xū yí):今属江苏,唐为泗州属县,地近淮河南岸,故诗中称淮镇。

②逗:逗留、停留。

③舫(fǎng):船。

④庐洲白:白色的芦花开满了整个沙洲。

赏析

此诗写旅途夜泊所触发的思乡之情。围绕"夕次"落笔,写所见浩浩水波,苍茫暮色,雁去人归,山城隐没于夜幕,芦花放白于江滨等暮景,物象鲜明,层次清晰。结尾写夕次孤眠独宿以及因异乡风物而勾起无限乡愁,而那凄清的钟声则更增添了孤寂,使人越发思念故乡。全诗淡淡写来,似不

经意,但因是展现真实的感受,故能做到情景相生,余味不尽。

绝妙佳句

人归山郭暗,雁下芦洲白。

文学常识丛书

作者简介

　　孟郊(公元 751—814 年),字东野,湖州武康(今浙江德清)人,一说洛阳人。屡试不第,46 岁才中进士,50 多岁才做官,任溧阳(今江苏溧阳)县尉,不久辞官。后来还做过几次小官。诗多写寒士生活,时有不平之鸣。语言凝炼质朴,取譬生新。诗与韩愈齐名,并称"韩孟";又与贾岛齐名,讲究苦思,有时不免生涩。

登科①后

昔日龌龊②不足夸,今朝放荡思无涯③。

春风得意马蹄疾,一日看尽长安花④。

注释

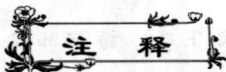

①登科:指考中进士。唐代考中进士一般称"及第",是说取得了进身的资格,还不能做官,只有再通过吏部的复试,方可做官,通称"登科"。

②龌龊:指失意落魄。

③"今朝"句:一作"今日坦然未可涯"。放荡,无拘无束,自由自在。一作"旷荡"。

④"春风"二句:唐制,进士考试在春天放榜,及第者在长安城南的曲江、杏园一带宴集同年,观赏春景。

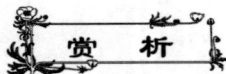

赏析

孟郊46岁进士及第,以为从此可以大干一番了,于是满心的欣喜之情按捺不住,便化成了这首别具一格的小诗。

诗的开头就直抒胸意,说以往在生活上的困顿与思想上的局促不安再不值得一提了,今朝金榜题名,郁结的闷气已如风吹云散,心上真有说不尽

的畅快。孟郊两次落第,这次竟然高中,颇出意料。这就仿佛是从苦海中一下子被超度出来,登上了欢乐的峰顶;眼前天宇高远,大道空阔,似乎只待他四脚生风了。

"春风得意马蹄疾,一日看尽长安花",活灵活现地描绘出诗人神采飞扬的得意之态,酣畅淋漓地抒发了他心花怒放的得意之情。这两句神妙之处,在于情与景会,意到笔到,将诗人策马奔驰于春花烂漫的长安道上的得意情景,描绘得生动鲜明。同时诗句还具有象征意味:"春风",既是自然界的春风,也是皇恩的象征。所谓"得意",既指心情上称心如意,也指进士及第之事。诗句的思想艺术容量较大,明朗畅达而又别有情韵。

这首诗还因给后人留下了"春风得意"与"走马观花"两个成语而更为有名气。

绝妙佳句

春风得意马蹄疾,一日看尽长安花。

作者简介

　　杨巨源(公元 755—约 832 年),字景山,河中(今山西永济)人。贞元五年(公元 631 年)进士,授秘书郎。元和中为河中幕从事。入为太常博士,迁虞部员外郎。出为凤翔少尹,召为国子司业。长庆四年(公元 824 年),为河中少尹,后以国子祭酒致仕。其诗著名于元和长庆间,为同时诗家所推重。才雄学富,用意声津,格调尚高,而神情稍减,然其平远深细处,堪称高手。

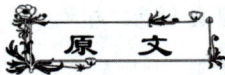
城①东早春

诗家清景在新春,绿柳才黄半未匀。
若待上林②花似锦,出门俱③是看花人。

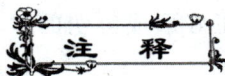
①城:当指唐代京城长安。

②上林:汉代宫宛名。诗中用来代指京城长安。

③俱:都。

69

　　诗人曾任太常博士、礼部员外郎、国子司业等职,这首诗约为在京任职期间所作,描写了诗人对早春景色的热爱。

　　第一句是诗人在城东游赏的时候对所见早春景色的赞美。大意是说,为诗家所喜爱的清新景色,正在这早春之中;也就是说,这清新的早春景色,最能激发诗家的诗情。"诗家"是诗人的统称,并不仅指作者自己。一个"清"字很值得玩味。"新春"就是早春。这里不仅指早春景色本身的清新可喜,也兼指这种景色刚刚开始显露出来,还没引起人们的注意,所以环境也很清幽。

　　第二句则是在第一句的基础上,对早春景色进行了具体的描写。早春时,柳叶新萌,其色嫩黄,称为"柳眼"。"才"字"半"字,都是暗示"早"。如果只笼统地写柳叶初生,虽也是写"早春",但总觉淡而无味。诗人抓住了"半未匀"这种境界,使人仿佛见到绿枝上刚刚露出的几颗嫩黄的柳眼,那么清新悦人。这不仅突出了"早"字,而且把早春之柳的风姿写得十分逼真。生动的笔触蕴含着作者多少欢悦和赞美之情。早春时节,天气寒冷,百花尚未绽开,唯柳枝新叶,冲寒而出,最富有生机,最早为人们带来春天的消息。写新柳,正是抓住了早春景色的特征。

后两句用"若待"两字一转,改从对面着笔,用芳春的景色,来反衬早春的"清景"。繁花似锦,写景色的明艳已极;游人如云,写环境之喧嚷若市。然而这种景色人人尽知,已无新鲜之感。此与前两句,正好形成鲜明的对照,更加反衬出作者对早春清新之景的喜爱。

绝妙佳句

诗家清景在新春,绿柳才黄半未匀。

作者简介

　　武元衡(公元758—815年),唐宰相,诗人。字伯苍。洛阳偃师人。德宗建中年间进士,任御史中丞等职,元和二年(公元807年)任门下侍郎、同中书门下平章事。后出为剑南西川节度使。元和八年(公元813年)复为宰相,次年与裴度用兵淮西讨伐吴元济。元和十年(公元815年),被平卢节度使李师道遣刺客刺死。武元衡位居显宦,而工于诗。时人认为"工诗而宦达者惟高适,宦达而诗工者惟元衡"。有《临淮集》10卷传世。

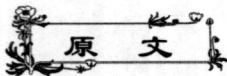

赠道者^①

麻衣如雪一枝梅^②，笑掩微妆^③入梦来。

若到越溪逢越女^④，红莲池里白莲^⑤开。

注 释

①道者：道士。诗中指女道士。

②"麻衣"句：身着雪白衣服的女郎如同临风而立的一枝白梅。麻衣，即布衣，也称白衣为平民服装，以与官员的服装相区别。

③笑掩：羞涩地微笑。微妆：淡妆。

④越溪：指若耶溪，又名浣纱溪、五云溪。相传西施曾于此溪浣纱。越女：越地的美女。

⑤红莲：比喻越女。白莲：比喻女道士。

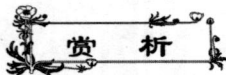

赏 析

这首诗的题目又作《赠送》，如果是这一个题目，那么，他写赠的对象就不一定是个女道士了。但无论用哪一个题目，诗人所要着意描绘的都是一个漂亮的白衣女子，并且对她的美色是颇为倾倒的。

"麻衣如雪一枝梅"中的"麻衣如雪"，出于《诗经·曹风·蜉蝣》，这里

借用来描画女子所穿的一身雪白的衣裳。在形容了女子的衣着以后，诗人又以高雅素洁的白梅来比拟女子的体态、风韵。次句中的"微妆"，是"凝妆""浓妆"的反义词，与常用的"素妆""淡妆"意义相近。"笑掩"写女子那带有羞涩的微笑。这女子是如此动人，她穿着雪白的衣裙，含情脉脉地微笑着，正姗姗来到诗人的梦境。

梦醒之后诗人不禁浮想联翩，以致眼前出现了一个富有诗意的境界：他仿佛看到这一女子来到越国的一条溪水边，走进一群穿着红色衣裳的浣纱女子中间；那风姿，那神韵，是如此的炫人眼目，就像是开放在一片红色荷花中的一朵亭亭玉立的白莲。这两句，以"若"字领起，说明这是诗人的假想之词。首两句说的是女子的神，此两句则是说女子的形，然而在写法上却不似前两句作直接的描绘，而以烘托之法让人去想象和思索。"越溪"是春秋末年越国美女西施浣纱的地方。当女子置身于漂亮的越女中间时，她便像是红莲池中开放的一朵玉洁冰清的白莲，她的婀娜娇美，自然不言而喻了。

绝妙佳句

若到越溪逢越女，红莲池里白莲开。

作者简介

　　王建(约公元 767—831 年),唐代诗人,字仲初,颍川(今河南许昌)人。早年与张籍相识于历城(今山东济南),后又与韩愈、白居易交注。擅长乐府,与张籍齐名。

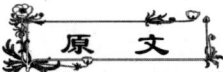

宫 词

树头树底觅残红①,一片西飞一片东②。

自是桃花贪结子,错教人恨五更风。

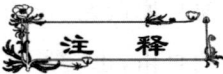

诗中花

注 释

①残红:凋谢的花。

②"一片"句:指桃花飘零,满地狼藉,惨不忍睹。

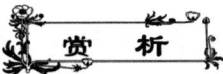

赏 析

　　诗人王建的《宫词》共百首,而这首诗是其中较有代表性的一首。此诗近于口语,念来琅琅上口,具有民歌风调。尤其因为在明快中见委曲,于流利中寓顿挫,便成为宫词百里挑一的佳作。

　　"树头树底觅残红"一句可以理解为:宫中,一个暮春的清晨,宫女徘徊于桃树下,看看"树头",花朵越来越稀;"树底"则满地"残红"。这景象使她们感到惆怅,于是一片一片拾掇起狼藉的花瓣,一边拾,一边怨,怨东风的薄情,叹桃花的薄命……在古典诗歌中,伤春惜花,常与年华逝去,或受到摧残联系在一起的。如"洛阳女儿好颜色,坐见落花长叹息。今年花落颜色改,明年花开复谁在?"(刘希夷《代悲白头翁》)宫人的惜花恨风,只是自

觉不自觉地移情于物罢了,也隐含着对自身薄命的嗟伤。

上下联之间有一个转折。从"觅残红"突然想到"桃花贪结子",意境进了一层。桃花结子是自然的、合理的,人也一样。然而封建时代的宫女,连开花结子的桃花都不如,暗示出宫女难言的隐衷和痛苦。于是,宫女惜花的心情渐渐消逝,代之以另一种情绪,这就是羡花乃至妒花了。从惜花恨风到羡花妒花,是诗情的转折,也就是"在委曲深挚中别有顿挫"(《石洲诗话》)。同时,这一转折又合乎生活逻辑,过渡自然:桃花被五更风吹散、吹落,引起宫女们的怜惜和怨恨,她们把桃花比为自己,同有一种沦落之感;但桃花凋谢了会结出甘美的果实来,这又自然勾起宫女的艳羡、嫉妒了。但诗人的运笔不这样直截表达,却说是桃花因"贪"结子而自愿凋谢,花谢并非"五更风"扫落之过。措辞委婉,突出了桃花有结子的自由,也就是突出了宫女命运的大可怨恨。此诗就生动形象地通过宫女的思想活动的景物化,深刻揭露了封建制度反人道的现实。

绝妙佳句

自是桃花贪结子,错教人恨五更风。

作者简介

薛涛,唐代女诗人,字洪度,一作宏度,长安(今陕西西安)人。生于大历五年(公元770年),卒于大和六年(公元832年)。父薛郧,仕宦入蜀,死后,妻女流寓蜀中。薛涛姿容美艳,性敏慧,8岁能诗,洞晓音律,多才艺,声名倾动一时。有《锦江集》5卷,今佚。《全唐诗》录存其诗1卷。

牡 丹

去春零落暮春时,泪湿红笺①怨别离。

常恐便同巫峡散②,因何重有武陵③期?

传情每向馨香得,不语还应彼此知。

只欲栏边安枕席,夜深闲共说相思。

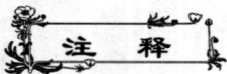

注 释

①红笺:当指薛涛纸,是诗人创制的深红小笺。

②散:离散。

③武陵:陶渊明《桃花源记》中武陵渔人。

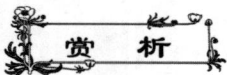

赏 析

这首诗将牡丹拟人化,用向情人倾诉衷肠的口吻来写,新颖别致,亲切感人,自有一种醉人的艺术魅力。

"去春"二句写别后重逢,有太多的兴奋,亦有无限的情思。面对眼前盛开的牡丹花,却从去年与牡丹的分离落墨,把人世间的深情厚谊浓缩在别后重逢的特定场景之中。

"常恐"二句化牡丹为情人,笔触细腻而传神。"巫峡散"承上文的怨别

离,拈来宋玉《高唐赋》中楚襄王和巫山神女梦中幽会的故事,给花人之恋抹上梦幻迷离的色彩:担心与情人的离别会像巫山云雨那样一散而不复聚,望眼欲穿而感到失望。在极度失望之中,突然不期而遇,更使人感到再度相逢的难得和喜悦。诗人把陶渊明《桃花源记》中武陵渔人意外地发现桃花源仙境和传说中刘晨、阮肇遇仙女的故事捏合在一起,给花人相逢罩上神仙奇遇的面纱,带来了惊喜欲狂的兴奋。两句妙于用典,变化多端,曲折尽致。

"传情"两句既以"馨香""不语"指牡丹花的特点,又以"传情""彼此知"关照前文,行文显而不露,含而不涩。花以馨香传情,人以信义见著。花与人相通,人与花同感,所以"不语还应彼此知"。

最后两句把诗情推向了高潮:"安枕席"于栏边,如对故人抵足而卧,情深似海。深夜说相思,见其相思之渴,相慕之深。

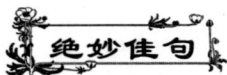

诗中花

79

绝妙佳句

去春零落暮春时,泪湿红笺怨别离。

作者简介

　　崔护,字殷功,唐代博陵(郡治在今河北省定县)人。唐贞元十二年(公元796年)登第,官至岭南节度使。崔护诗风精炼婉丽,语极清新。《全唐诗》收录其诗作6首,皆为佳作;其中,以《题都城南庄》流传最广,《本事诗》中还记载有这首诗的一段佳话。

题都城南庄

去年今日此门中，人面①桃花相映红。

人面只今②何处去，桃花依旧笑③春风。

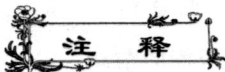
注 释

①人面：一个姑娘的脸。下一句"人面"代指姑娘。

②只今：有的版本作"不知"。

③笑：形容桃花盛开的样子。

赏 析

　　这是一首七言绝句，全篇写的是今昔之感，仅仅四句却包含了一前一后两个物是人非而又相互依托、交互衬映的场景。

　　第一个场景：寻春艳遇——"去年今日此门中，人面桃花相映红。"

　　"去年今日此门中"中的"去年""此门"点出时间、地点，说的非常肯定，毫无含糊，可见印象之深刻、记忆之确切。当时"此门中"正春风拂煦、桃花盛开，立着一位美丽的少女，其容面与桃花交互映照，着实靓丽。在这里诗人没有直接去描摹桃花的娇艳和女子的美丽，而是抓住"寻春遇艳"整个过程中最美丽动人的一幕，只用"相映红"三个字一点，顿把人面与花光交互

诗中花

辉映、互为陪衬又争妍斗胜的美好景象勾勒得栩栩如生。"人面桃花相映红",不仅为艳若桃花的"人面"设置了美好的背景,衬托出少女光彩照人的容颜,同时也含蓄地表达出诗人神驰目注、意夺情摇的情状和双方脉脉含情、未通言语的情景,给人一个广阔的想象空间。

第二个场景:重寻不遇——"人面只今何处去,桃花依旧笑春风。"

还是"今日",还是"此门",但美丽少女已经走了。依旧是春光烂漫、百芳吐艳的季节,依旧是花木扶疏、桃柯掩映的门户,然而,使这一切增光添彩的那张与桃花"相映红"的美丽"人面"却不知"何处去"了,唯余一树桃花依旧在春风中凝情含笑。桃花在春风中的依旧含笑,更加勾起了诗人对"去年""人面桃花相映红"的思念和怜惜,使诗人的故地重游感到无比的失望和惆怅。"依旧"二字,正隐含了诗人无限失望、惋惜和怅惘的情绪。

综观全诗,前两句由今到昔,后两句由昔到今,两两相形。尽管情绪上的转变剧烈,但文气却一贯而下,转折无痕。整首诗语言朴实率真自然,说事明白流畅。

绝妙佳句

人面只今何处去,桃花依旧笑春风。

作者简介

胡令能，唐代诗人，生卒不详。隐居圃田（今河南中牟县）。唐贞元、元和时期人。家贫，少为负局锼钉之业（修补锅碗盆缸的手工业者），人称"胡钉铰"。因居列子之乡，故常祭祀列子，又受禅学影响。工诗，事述略见《唐诗纪事》。《全唐诗》存其诗4首。诗作通俗易懂，富有浓郁的生活气息。

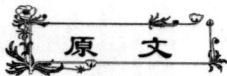

咏 绣 障

日暮堂前花蕊娇①，争拈小笔上床②描。

绣成安③向春园里，引得黄莺下柳条④。

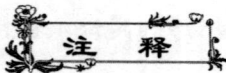

①花蕊：花心。这里指花朵。娇：指花朵美丽鲜艳。

②拈：用两三个指头捏住。床：指绣花时绷绣布的绣架。

③安：安置，摆放。

④下柳条：从柳树枝条上飞下来。

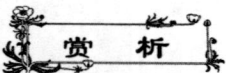

这是一首赞美刺绣精美的诗。沈德潜在论及题画诗时说："其法全在不粘画上发论。"（《说诗晬语》卷下）"不粘"在绣工本身，而是以映衬取胜，也许这就是《咏绣障》在艺术上成功的主要奥秘。

首句"日暮堂前花蕊娇"点明时间、地点。"花蕊娇"，花朵含苞待放，娇美异常——这是待绣屏风（绣障）上取样的对象。

第二句"争拈小笔上床描"是说一群绣女正竞相拈取小巧的画笔，在绣床上开始写生，描取花样。争先恐后的模样，眉飞色舞的神态，都从"争"字

中隐隐透出。"拈",是用三两个指头夹取的意思,见出动作的轻灵、姿态的优美。

三、四句则写"绣成"以后绣工的精美巧夺天工:把完工后的绣屏风安放到春光烂漫的花园里去,虽是人工,却足以乱真,你瞧,黄莺都上当了,离开柳枝向绣屏风飞来。末句从对面写出,让乱真的事实说话,不言绣屏风之工巧,而工巧自见。而且还因黄莺入画,丰富了诗歌形象,平添了动人的情趣。

从第二句的"上床描"到第三句的"绣成",整个取样与刺绣的过程都省去了,像"花随玉指添春色,鸟逐金针长羽毛"(罗隐《绣》)那样正面描写绣活进行时飞针走线情况的诗句,是不可能在这首诗中找到的。

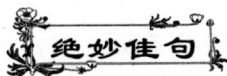

诗中花

绝妙佳句

绣成安向春园里,引得黄莺下柳条。

85

作者简介

　　刘禹锡(公元 772—842 年),字梦得,彭城(今江苏涂州)人,唐代中期诗人、哲学家。政治上主张革新,是王叔文派政治革新活动的中心人物之一。后被贬为郎州司马、连州刺史,晚年任太子宾客。他的一些诗歌反映了其进步的思想,其学习民歌写成的《竹枝词》等诗具有新鲜活泼、健康开朗的显著特色,情调上独具一格。语言简朴生动,情致缠绵。其诗结有《刘宾客集》。

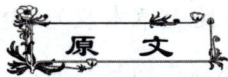

戒赠看花诸君子

紫陌红尘^①拂面来，无人不道看花回。

玄都观^②里桃千树，尽是刘郎^③去后栽。

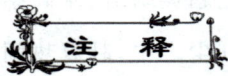

注　释

①紫陌：京城的街道。红尘：大路上扬起的尘埃。

②玄都观：唐代最著名的道教宫观之一。

③刘郎：作者自己。

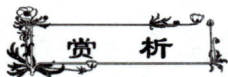

赏　析

这首诗的写作背景是：永贞元年（公元 805 年），刘禹锡参加王叔文政治革新失败后，被贬为朗州司马，到了元和十年（公元 815 年），朝廷有人想起用他以及和他同时被贬的柳宗元等人。这首诗，就是他从朗州回到长安时所写的，由于刺痛了当权者，他和柳宗元等再度被派为远州刺史。官是升了，政治环境却没有改善。

这首诗表面上是描写人们去玄都观看桃花的情景，骨子里却是讽刺当时的权贵。前两句是写看花的盛况，人物众多，来往繁忙，而为了要突出这些现象，就先从描绘京城的道路着笔。"陌"本是田间小路，这里借用为道

路之意。"紫陌"之紫，指草木；"红尘"之红，指灰土。一路上草木葱茏，尘土飞扬，衬托出了大道上川流不息的盛况。写看花，又不写去而只写回，并以"无人不道"四字来形容人们看花以后归途中的满足心情和愉快神态，则桃花之繁荣美好，不用直接赞以一词了。它不写花本身之动人，而只写看花的人为花所动，真是又巧妙又简练。后两句由物及人，关合到自己的境遇。玄都观里这些如此吸引人的、如此众多的桃花，自己 10 年前在长安的时候，根本还没有。去国 10 年，后栽的桃树都长大了，并且开花了，因此，回到京城，看到的又是另外一番春色，真是"树犹如此，人何以堪"了。

从这首诗所寄托的意思来看，千树桃花，也就是 10 年以来由于投机取巧而在政治上愈来愈得意的新贵，而看花的人，则是那些趋炎附势、攀高结贵之徒。他们为了富贵利禄，奔走权门，就如同在紫陌红尘之中，赶着热闹去看桃花一样。结句指出：这些似乎了不起的新贵们，也不过是我被排挤出外以后被提拔起来的罢了。他这种轻蔑和讽刺是有力量的，辛辣的，使他的政敌感到非常难受。所以此诗一出，作者及其战友们便立即受到打击报复了。

绝妙佳句

紫陌红尘拂面来，无人不道看花回。

再游玄都观

百亩庭中半是苔①,桃花净尽菜花开。

种桃道士归何处? 前度②刘郎今又来。

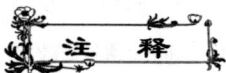
①苔:青苔。

②前度:前次。

诗中花

89

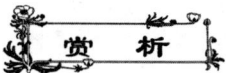
这首诗是上一篇的续篇,诗的前面有一篇小序,是说诗人因写了看花诗讽刺权贵,再度被贬,一直过了 14 年,才又被召回长安任职。在这 14 年中,皇帝换了 4 个,人事变迁很大,但政治斗争仍在继续。作者写这首诗,是有意重提旧事,向打击他的权贵挑战,表示绝不因为屡遭报复就屈服妥协。

这首诗表面上写玄都观中桃花的盛衰。道观中非常宽阔的广场已经一半长满了青苔。然而,经常有人迹的地方,青苔是长不起来的。百亩广场,半是青苔,说明其地已无人来游赏了。“如红霞”的满观桃花,“荡然无复一树”,而代替了它的,乃是不足以供观览的菜花。这两句写出一片荒凉的景色,并且是经过繁盛以后的荒凉。与前首之"玄都观里桃千树""无人不道看花回",形成强烈的对照。下两句由花事之变迁,关合到自己之升进退,因此连着想到:不仅桃花无存,游人绝迹,就是那一位辛勤种桃的道士也不知所踪,可是,上次看花题诗,因而被贬的刘禹锡现在倒又回到长安,并且重游旧地了。这一切,哪能料得到呢?言下有无穷的感慨。

实质上,作者以桃花比新贵,与前诗相同。种桃道士则指打击当时革新运动的当权者。这些人,经过 20 多年,有的死了,有的失势了,因而被他们提拔起来的新贵也就跟着改变了他们原有的煊赫声势,而让位于另外一些人,正如"桃花净尽菜花开"一样。而桃花之所以净尽,则正是"种桃道士归何处"的结果。这也就是俗话说的"树倒猢狲散"。而这时,我这个被排挤的人,却又回来了,难道是那些人所能预料到的吗?对于扼杀那次政治革新的政敌,诗人在这里投以轻蔑的嘲笑,从而显示了自己的不屈和乐观,显示了他将继续战斗的决心。

绝妙佳句

种桃道士归何处?前度刘郎今又来。

原文

春　词①

新妆宜面下朱楼②，深锁春光一院愁③。
行到中庭数花朵④，蜻蜓飞上玉搔头⑤。

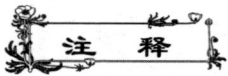

注释

①春词：写宫女春山愁怨。

②新妆：刚刚梳妆好。宜面：指脂粉和脸色很宜。朱楼：红楼。

③深锁：紧紧关闭。一院愁：指一院春愁。

④数花朵：表示愁闷无聊的行动。

⑤玉搔头：即玉簪，也用来搔头，因而也称"玉搔头"。

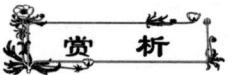

赏析

　　此为写失宠宫妃的怨恨之作。首句写宫女盛妆下楼等候君王幸临。次句以物拟人，写赏心悦目的春光也被深锁院中，充满愁思。三、四句写宫女孤居无聊而数花朵，蜻蜓飞上了她的玉簪。景奇意新，既是对宫女花容玉貌的烘托，亦是对无人赏识的感叹。构思精巧，韵味悠长。

行到中庭数花朵，蜻蜓飞上玉搔头。

作者简介

　　白居易（公元 772—846 年），唐代诗人。字乐天，号香山居士、醉吟先生，原籍太原。德宗贞元进士，曾因越职言事，贬江州司马，累官至刑部尚书。白居易以诗闻名，他将所作诗分为讽谕、闲适、感伤、杂律四类，而对讽谕、感伤两类特别看重。这些诗作将平易通俗和深情绵邈融为一体，奠定了诗人在唐诗中的特殊地位。

大林寺桃花

人间四月芳菲①尽，山寺②桃花始盛开。

长恨春归无觅处，不知转入此中③来。

注释

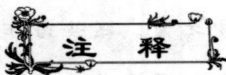

①人间：指庐山下的平地村落。芳菲：盛开的花，亦可泛指花，花草艳盛的阳春景色。

②山寺：指大林寺，在庐山香炉峰顶，相传为晋代僧人昙诜所建，为我国佛教胜地之一。

③不知：岂料、想不到。此中：这深山的寺庙里。

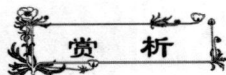

赏析

唐元和十二年（公元 817 年）孟夏，白居易游庐山香炉峰顶的大林寺，写下这首平淡自然而又意境深邃的小诗。

"人间"两句写的是诗人在山外春已归去的时节，在山中却遇上了意想不到的春色。这种自然界的强烈反差，令诗人产生了"长恨春归无觅处，不知转入此中来"的复杂感慨。从字面上，诗人在登山之前，曾为春光逝去而怨恨或失望，当一片春景映入眼帘时，又感到一些由衷的惊喜与无奈的宽

慰。或许这种感慨，表面上是由自然景色变化而发，实际上是曲折地反映出他悲凉而惆怅的情怀。

当时，诗人因直谏不讳，冒犯了权贵，受朝廷排斥，被贬为江州司马。因此，这首纪游小诗蒙上了逆旅沧桑的隐喻色彩。正是这种感慨，诗人不用"山外"四月芳菲尽，而用"人间"。这种遣词颇令人品茗其中的深邃意味。"人间"一词，绝不仅仅为"山寺"的对仗工整而用，"山寺"也许就是诗人忘忧、宽慰的"人间"的仙境。"人间"天涯沦落的长恨，也许在桃花盛开的仙境会得到解脱；人生摆脱悲欢离合烦忧的办法，也许就在远离喧嚣的美丽和宁静中向你走来。

这首诗立意新颖、构思灵巧，又令人深思，惹人喜爱，可谓唐人绝句中的又一珍品。如果没有对自然界细腻观察的慧眼，没有对生活的深刻感悟，是难以写出来的。

诗中花

绝妙佳句

人间四月芳菲尽，山寺桃花始盛开。

惜牡丹花二首(其一)

惆怅①阶前红牡丹,晚来唯有两枝残②。

明朝风起应吹尽③,夜惜衰红把火④看。

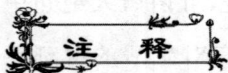

①惆怅:伤感,失意的样子。

②残:剩余。

③尽:落。

④把火:掌灯。

文学常识丛书

全诗以"惆怅"一词领起,为全诗的感情基调抹上了一层挥之不去的感伤色彩。人们也许会忍不住要问,诗人在感伤什么呢?因为第一句中并没有明确交代原因,只说惆怅的是"阶前红牡丹"而已,初读起来,不禁使人感到有几分突兀,这庭院中的红牡丹,为什么会让诗人感伤不已呢?读完第二句时,读者才恍然大悟了,原来是在傍晚时分,白居易发现,阶前的牡丹花丛,只剩下两枝还在开花了,这里的"残"字应是残留而不是残败的意思。白居易在傍晚时分,为了院中仅剩的两枝还在开花的红牡丹而黯然神伤,

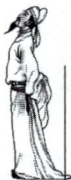

而且,诗人还调动了他那异常敏感丰富的想象力,事先预计到今天晚上就是这两枝硕果仅存的红牡丹盛开的最后一夜了,所以他无限惋惜地感叹"明朝风起应吹尽",因此便不由得要尽一切可能,来加倍珍惜她,呵护她了。不过,大家都明白,自然规律是不可违反的,在这最后的一夜,白居易又将如何行事呢?谁也不会想到,他对花的热爱已经达到了痴迷的程度了,所以他要"夜惜衰红把火看"。平心而论,即将衰败的牡丹花恐怕已经没有当初富贵娇艳的光彩了,不过,在"衰红"生命的最后历程中,忠实地守护在她们的身边,唯其如此,白居易才会感到安心踏实。

　　白居易这种视角独特、感受细腻的《惜牡丹花》诗一出,便引起了文人墨客的很大兴趣,随即有不少意境相似之作纷纷问世,而白居易两首《惜牡丹花》说明他正是这方面的行家里手。

绝妙佳句

惆怅阶前红牡丹,晚来唯有两枝残。

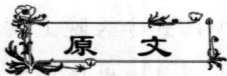

花 非 花

花非花,雾非雾。夜半来,天明去。

来如春梦不多时①? 去似朝云无觅②处。

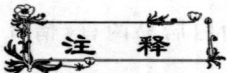

①不多时:或作"几多时"。

②觅:找寻。

文学常识丛书

白居易诗不仅以语言浅近著称,其意境亦多显露。这首"花非花"却颇有些"朦胧"味儿,在白诗中确乎是一个特例。这首诗禅意十足,句句是禅,字字是禅。

在禅者看来,外部世界的千变万化,千姿百态,不过是那颗无所不包的"本心"的幻化;不过是过眼云烟,转眼即逝,终归于无。所以,眼中的花,不是实实在在的花;雾,也不是实实在在的雾,只是"本心"外射的花与雾的"幻化"。诗取前三字为题,近乎"无题"。首二句应读作"花——非花,雾——非雾",先就给人一种捉摸不定的感觉。"非花""非雾"均系否定,却包含一个不言而喻的前提:似花、似雾。因此可以说,这是两个灵巧的比喻。

"夜半来，天明去"则会使吟诗的人疑心是梦话。但从下句"来如春梦"四字，可见又不然了。"梦"原来也是一比。这里"来""去"二字有承上启下的作用，由此生发出两个新鲜比喻。"夜半来"者春梦也，春梦虽美却短暂，于是引出一问："来如春梦几多时？""天明"见者朝霞也，云霞虽美却易幻灭，于是引出一叹："去似朝云无觅处。"

绝妙佳句

　　来如春梦不多时？去似朝云无觅处。

买 花①

帝城春欲暮②,喧喧车马度③。

共道牡丹时④,相随⑤买花去。

贵贱无常价,酬值看花数⑥。

灼灼百朵红,戋戋五束素⑦。

上张幄幕庇⑧,旁织笆篱护。

水洒复泥封,移来色如故⑨。

家家习为俗⑩,人人迷不悟⑪。

有一田舍翁⑫,偶来买花处。

低头独长叹,此叹无人谕⑬。

一丛深色花,十户中人赋⑭。

文学常识丛书

注 释

①买花:指当时长安的豪门贵族,争着用高价购买供赏玩的牡丹花。

②帝城:指唐朝的京城长安。春欲暮:春天就要过去了。

③度:经过。

④共道:都说。牡丹时:牡丹花盛开的时候。

⑤相随:一个接着一个。

⑥"贵贱"二句:是指牡丹花没有一定的价钱,多而易得的就贱一些,少

而难得的就贵一些。无常价:没有一定的价格。酬值:给价钱。

⑦"灼灼"二句:意谓这百朵鲜艳的红花,得要五束素的代价,而在富贵人们的眼里,却是微不足道的。灼灼:色彩明亮,形容花的鲜艳。戋戋:细小,轻微。一说众多的样子。束:指攒聚在一起的枝条。素:指白花。一说五束素是指五尺精白的绢。

⑧幄幕:帐篷。庇:保护。

⑨"水洒"二句:买主移植牡丹花时,叶用水洒,根部用泥封,保护周密,搬到家里,颜色仍然跟原来一样美丽。泥封:用泥土把花根培壅好。

⑩习为俗:习惯以后竟成为一种风气。

⑪迷不悟:受到迷惑而不能明白过来。

⑫田舍翁:老农夫。

⑬谕:懂得。

⑭"一丛"二句:一丛深红色牡丹花的价钱,要抵上十户中等人家一年所交纳的田税。这正是田舍翁长叹的缘由。当时的风尚,牡丹花以深红色或紫色的最为贵重。中人:普通人家。中人赋:即中户赋。唐时赋税,按户口征收,分为上户、中户、下户三等。

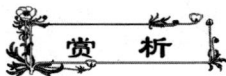

赏 析

《秦中吟》是白居易讽喻诗中最重要的代表作之一。它始终贯穿着"文章合为时而著,歌诗合为事而作""惟歌生民病,愿得天子知"的理论主张,是诗人以诗的形式为民请命。《买花》是《秦中吟》组诗中的第十首,也就是最后一首。

这首诗从内容上可以分为前后两大部分,从开始的"帝城春欲暮"到"人人迷不悟"以上是第一部分,写的是京城大户人家争相买花的"盛况",

浓墨重彩,大肆渲染;从"有一田舍翁"以下只写一位"田舍翁"看人买花时的唏嘘感叹,白描勾勒,以少胜多。

全诗通过对京城豪门,争相购买、赏玩牡丹花风气的描写,深刻揭露出当时社会极端不平等的残酷现实,主题十分鲜明,发人深省。而诗歌的高明之处更在于,如此显豁的社会主题,并不是由作者直接出面加以申明,而是巧妙地通过一个旁观者"田舍翁"的感叹而昭然若揭的。这种独具匠心的艺术构思,大大加强了诗歌的感染力度。

绝妙佳句

一丛深色花,十户中人赋。

作者简介

元稹(公元 779—831 年),唐代文学家,字微之,别字威明。河南(属今河南洛阳)人。贞元九年(公元 793 年),明经及第,官至同中书下平章事,后借重宦官排挤名相裴度。以暴疾卒于武昌军节度使任所。元稹的创作,以诗成就最大。与白居易齐名,并称"元白",同为新乐府运动倡导者。在散文和传奇方面也有一定成就。他首创以古文制诰,格高词美,为人效仿。作有传奇《莺莺传》,又名《会真记》,为后来《西厢记》故事所由。有《元氏长庆集》,收录诗赋、诏册、铭谏、论议等共 100 卷。

菊 花

秋丝绕舍似陶家①，遍绕篱边日渐斜②。

不是花中偏爱菊，此花开尽更无花。

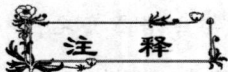

①陶家：陶渊明的家。

②日渐斜：太阳西斜。

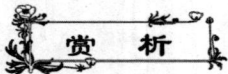

文学常识丛书

　　菊花，不像牡丹那样富丽，也没有兰花那样名贵，但作为傲霜之花，它一直受人偏爱。有人赞美它坚强的品格，有人欣赏它高洁的气质，而元稹的这首咏菊诗，则别出新意地道出了他爱菊的原因。

　　"秋丝绕舍似陶家"是说一丛丛菊花围绕着房屋开放，好似到了陶渊明的家。秋丛，即丛丛的秋菊。东晋陶渊明最爱菊，家中遍植菊花。"采菊东篱下，悠然见南山"（《饮酒》），是他的名句。这里将植菊的地方比作"陶家"，秋菊满院盛开的景象便不难想象。如此美好的菊景怎能不令人陶醉？故诗人"遍绕篱边日渐斜"，完全被眼前的菊花所吸引，专心致志地绕篱观赏，以至于太阳西斜都不知道。"遍绕""日斜"，把诗人赏菊入迷，流连忘返

的情景真切地表现出来,渲染了爱菊的气氛。

诗人为什么偏爱菊花呢?"不是花中偏爱菊,此花开尽更无花"正说明他喜爱菊花的原因。菊花在百花之中是最后凋谢的,一旦菊花谢尽,便无花景可赏,人们爱花之情自然都集中到菊花上来。因此,作为后凋者,它得天独厚地受人珍爱。诗人从菊花在四季中谢得最晚这一自然现象,引出深微的道理,回答了爱菊的原因,表达了诗人特殊的爱菊之情。这其中当然也含有对菊花历尽风霜而后凋的坚贞品格的赞美。

咏菊原本是一个很平常的题材,诗人从中发掘出不平常的诗意,给人以新的启发,显得新颖自然,不落俗套。在写作上,笔法也很巧妙。前两句写赏菊的实景,渲染爱菊的气氛作为铺垫;第三句是过渡,笔锋一顿,跌荡有致,最后吟出生花妙句,进一步开拓美的境界,增强了这首小诗的艺术感染力。

绝妙佳句

不是花中偏爱菊,此花开尽更无花。

行 宫①

寥落②古行宫,宫花寂寞红。

白头宫女在,闲坐说玄宗③。

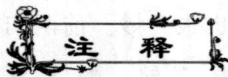

注 释

①行宫:皇帝外出居住的宫舍。

②寥落:空虚、冷落。

③玄宗:唐明皇李隆基,这是他的庙号。

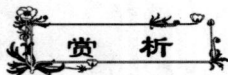

赏 析

行宫为帝王离京游幸所居宫室。前两句写行宫,寥落、寂寞已传达出无限的盛衰之感;后两句写人物,白头宫女闲谈玄宗,进一步抒发了沧桑巨变的深沉情怀。此诗以少总多,由小见大,因今衰而思昔盛,囊括了丰富的社会内容。宋洪迈《容斋随笔》卷二评此诗"语少意足,有无穷之味";明瞿佑《归田诗话》说:"乐天《长恨歌》凡一百二十句,读者不厌其长;元微之《行宫》诗四句,读者不觉其短,文章之妙也。"这是历来受论者称赏的名篇。

绝妙佳句

寥落古行宫,宫花寂寞红。

作者简介

　　贾岛(公元 779—843 年),唐代诗人,字浪仙。范阳(今北京附近)人。早年出家为僧,号无本。贾岛诗在晚唐形成流派,影响颇大。著有《长江集》10 卷,通行有《四部丛刊》影印明翻宋本。李嘉言《长江集新校》,用《全唐诗》所收贾诗为底本,参校别本及有关总集、选集、附录所撰《贾岛年谱》《贾岛交友考》以及所辑贾岛诗评等,较为完备。

107

题兴化寺园亭

破却千家作一池①,不栽桃李种蔷薇②。

蔷薇花落秋风起,荆棘满亭君自知。

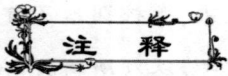

①"破却"句:为了建造一座池亭花园,而使得无数人倾家荡产。

②蔷薇:落叶灌木茎上多刺,夏初开花,花有红、黄、白等多种颜色。

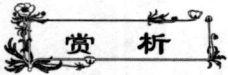

文学常识丛书

唐朝文宗皇帝时裴度进位中书令,大肆修造兴化寺亭园。贾岛的《题兴化寺园亭》就反映了中唐"富者兼地万亩,贫者无容足之居"的社会现实。

"破却千家作一池"一句中的"池"只不过是兴化寺园亭中的一个小小局部,却要"破却千家";那么整个园亭究竟要"破却"多少人家?它的规模之大不是可想而知了吗!整个园亭中的假山真水,奇树异花,幽径画廊,自然是景随步移,笔难尽述。但诗人对那些却一概从略,而只抓住"不栽桃李种蔷薇"一点,这一点抓得好。第一,它反映了贫富的心理殊异。在食不果腹、家无垄亩的贫者看来,那么好的土地,种成庄稼该有多好?即使为了观赏,起码该种桃李。桃李春华秋实,能看能吃,却弃之不种,蔷薇华而不实,

无补于用，却偏偏要种，岂非一怪？这"怪"字的背后，显然暗藏着一个"奢"字。第二，这一句也是为表现诗的题旨张本。《韩诗外传》卷七说："春种桃李者，夏得阴其下，秋得其实。春种蒺藜者，夏不可采其叶，秋得其刺焉。"这大概便是诗的题旨所在。而诗的妙处却在于，作者接"种蔷薇"的茬儿，将题旨拈连带出："蔷薇花落秋风起，荆棘满园君自知"，表面是写秋后将出现的园景，实则指出了聚敛定要出现的后果；以"种花"拈连"栽刺"，拟聚敛定有的可悲下场，自然而又贴切。最后一句，蕴藉含蓄，讽喻之意，溢于言表。

　　这首诗从眼前的事物中提炼出讥诮聚敛、讽嘲权贵的题旨，是很难得的。在艺术上，巧而不华，素淡中寓深意，也是本诗的可取之处。

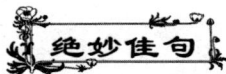

绝妙佳句

　　蔷薇花落秋风起，荆棘满亭君自知。

作者简介

　　张祜(约公元 792—约 853 年),字承吉,清河(今属河北)人,工诗,令狐楚曾荐之于朝,牲爱山水,隐居以终。与杜牧友善。多写津诗绝句,宗六朝乐府,善写宫怨之作。

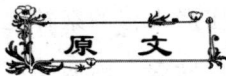

集灵台①二首

日光斜照集灵台,红树花迎晓露开。

昨夜上皇②新授箓,太真含笑入帘来。

虢国夫人③承主恩,平明④骑马入宫门。

却嫌⑤脂粉污颜色,淡扫蛾眉朝至尊⑥。

111

注释

①集灵台:即长生殿,在华清宫。

②上皇:指唐玄宗。

③虢国夫人:杨贵妃姊,嫁裴氏,封虢国夫人。

④平明:天刚亮。

⑤却嫌:反嫌。

⑥扫:画。至尊:亦指唐玄宗。

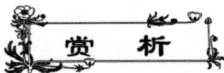

赏析

集灵台,唐玄宗所建祭神之所,在骊山华清宫内,即长生殿。此为讽刺之作。第一首写杨贵妃得宠。前两句描绘集灵台从傍晚到天明景象,再现出清静而绚丽的特征。后两句写杨玉环被封为贵妃,在庄严肃穆的祭神之所受宠承恩,嘲讽之意十分鲜明。第二首写杨贵妃三姐的骄奢。前两句以骑马入骊山华清宫突出虢国夫人的恃宠骄横,后两句着力写虢国夫人凭借椒房之亲而得宠的娇媚情态,唐玄宗的好色荒淫已不言自明。两首皆以赋体直叙其事,而讽喻之意则寓于事中,发人深省。

日光斜照集灵台,红树花迎晓露开。

作者简介

　　杜秋娘，金陵（今江苏南京）人。15岁嫁与唐宗室李锜为妾。后李锜谋叛被杀，她被籍入宫中，有宠于宪宗。穆宗即位后，曾为皇子傅姆，后赐归故乡。善唱《金缕衣》等歌曲。杜牧曾为之作《杜秋娘诗序》。

金缕衣①

劝君莫惜金缕衣,劝君惜取少年时。
花开堪折直须②折,莫待无花空折枝。

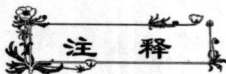

注 释

①金缕衣:以金线制成的华丽衣裳。

②堪:可。直须:不必犹豫。

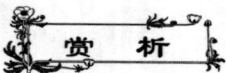

赏 析

此为中唐时流行的乐府歌辞。据说元和时镇海节度使李锜酷爱此词,常令侍妾杜秋娘歌唱(见杜牧《杜秋娘诗》及自注),所以后世以此诗为杜秋娘作。此诗的主旨为"惜取少年时"。诗人以花象征青春和一切美好的事物,通过"莫惜"与"惜取""折花"与"折枝"的对照,反复强调了珍惜春光这一主题。全诗以物起情,赋中有兴,先赋后比,先情语后景语,具有民歌反复咏叹、起伏跌宕的特色。

绝妙佳句

花开堪折直须折,莫待无花空折枝。

作者简介

　　朱庆余，名可久，越州（今浙江绍兴）人。唐敬宗宝历进士，授校书郎。曾游历边塞。与张籍、贾岛等交注，诗因张籍推许而扬名。绝句清新婉丽，颇有情致。

宫 中 词

寂寂花时闭院门,美人相并立琼轩^①。

含情欲说宫中事,鹦鹉前头不敢言。

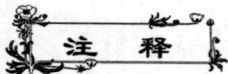

①琼轩:对廊台的美称。

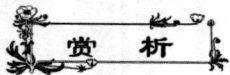

赏 析

此为描写宫女怨恨之作。前两句叙写春花盛开的皇宫因重门深闭而显得冷清,两个宫女无言地并立在华丽的长廊中,以景衬情,渲染出了浓厚的悲苦气氛。后两句写宫女无声相对,欲言而不敢。点出"鹦鹉",只是一种借口,因为鹦鹉并不可怕,有谁见过鹦鹉告密呢?有怨而不敢言,使人联想到了暴虐的周厉王的"弭谤",江山社稷的危殆由此可以推知。全诗不仅写宫女的悲剧,也暗示出当时社会的危机。

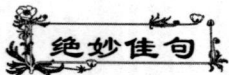

绝妙佳句

含情欲说宫中事,鹦鹉前头不敢言。

文学常识丛书

作者简介

　　杜牧(公元 803—852 年)，字牧之，唐京兆万年(今陕西西安)人。晚年居长安城南樊川别墅，后世因称之"杜紫薇""杜樊川"。

叹　花

自是寻春去校①迟，不须惆怅怨芳②时。

狂风落尽深红色，绿叶成荫子③满枝。

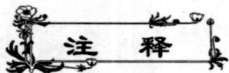

①校：通"较"。

②芳：指花。

③子：果实。

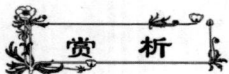

这首诗还有一种说法，就是："自恨寻芳到已迟，往年曾见未开时。如今风摆花狼藉，绿叶成荫子满枝。"关于此诗，有一个传说故事：杜牧游湖州，结识一个民间女子，年10余岁。杜牧与其母相约过10年来娶，后14年，杜牧始出为湖州刺史，女子已嫁人3年，生两个孩子。杜牧感叹其事，故作此诗。这个传说不一定可靠，但此诗以叹花来寄托男女之情，是大致可以肯定的。它表现的是诗人在浪漫生活不如意时的一种惆怅懊丧之情。

诗人围绕着"叹"字来写这首诗。"自是"两句是自叹自解，抒写自己寻春赏花去迟了，以至于春尽花谢，错失了美好的时机。首句开头一个"自"

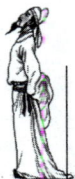

字富有感情色彩,把诗人那种懊悔莫及的心情充分表达出来了。第二句写自解,表示对春暮花谢不用惆怅,也不必怨嗟。诗人明明在惆怅怨嗟,却偏说"不须惆怅",明明是痛惜懊丧已极,却偏要自宽自慰,这在写法上是腾挪跌宕,在语意上是翻进一层,越发显出诗人惆怅失意之深,同时也流露出一种无可奈何、懊恼至极的情绪。

"狂风"两句是写自然界的风雨使鲜花凋零,红芳褪尽,绿叶成荫,结子满枝,果实累累,春天已经过去了。似乎只是纯客观地写花树的自然变化,其实蕴含着诗人深深惋惜的感情。

本诗以比情抒怀,用自然界的花开花谢,绿树成荫子满枝,暗喻少女的妙龄已过,结婚生子。但这种比喻不是直露、生硬的,而是若即若离,婉曲含蓄的,即使不知道与此诗有关的故事,只把它当作别无寄托的咏物诗,也是出色的。隐喻手法的成功运用,又使本诗显得构思新颖巧妙,语意深曲蕴藉,耐人寻味。

119

绝妙佳句

狂风落尽深红色,绿叶成荫子满枝。

作者简介

　　温庭筠(公元 812—约 870 年)，本名岐，字飞卿，今山西祁县人。文思敏捷，精通音律。每入试，押官韵，八叉手而成八韵，时号"温八叉"。仕途不得意，官止国子助教。诗词藻华丽，少数作品对时政有所反映。与李商隐齐名，并称"温李"。亦作词，他是第一个致力于"倚声填词"的诗人，其词多写花间月下、闺情绮怨，形成了以绮艳香软为特征的花间词风，被称为"花间派"鼻祖，其词结有《金荃集》。

文学常识丛书

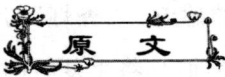

碧涧驿晓思①

香灯②伴残梦，楚国③在天涯。

月落子规歇④，满庭山杏花。

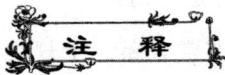

注 释

①碧涧驿：所在不详，据次句可知，是和诗人怀想的"楚国"相隔遥远的一所山间驿舍。晓思：指初醒时所思。思，此指思乡。

②香灯：即油灯。

③楚国：指江南一带。

④子规：鸟名，即杜鹃，也叫催归、思归，其叫声有如"不如归去"，因此常用来描写思归之情。歇：指停止鸣叫。

赏 析

这首诗几乎通篇写景，没有直接抒情的句子，也没有多少叙事成分。图景与图景之间没有勾连过渡，似续似断，中间的空白比一般的诗要大得多。语言则比一般的诗要柔婉绮丽，这些都更接近词的作风。

"香灯伴残梦"是写旅行者清晨刚醒时恍惚迷离的情景。乍醒时，思绪还停留在刚刚消逝的梦境中，仿佛还在继续着昨夜的残梦。在恍惚迷离中,看到孤灯荧荧,明灭不定,更增添了这种恍在梦中的感觉。"香灯"与"残梦"之间,着一"伴"字,不仅透露出旅宿者的孤孑无伴,而且将夜梦时间无形中延长了,使人从"伴残梦"的瞬间自然联想到整个梦魂萦绕、孤灯相伴的长夜。

"楚国在天涯"句忽然宕开,写到"楚国在天涯",似乎跳跃很大。实际上这一句并非一般的叙述语,而是刚醒来的旅人此刻心中所想,而这种怀想又和夜来的梦境有密切关系。原来旅人夜来梦魂萦绕的地方就是远隔天涯的"楚国"。而一觉醒来,唯见空室孤灯,顿悟此身仍在山驿,"楚国"仍远在天涯,不觉怅然若失。这真是山驿梦回楚国远了。温庭筠是太原人,但在江南日久,俨然以"楚国"为故乡。这首诗正是抒写思楚之情的。

"月落子规歇,满庭山杏花",这两句情寓景中,写得非常含蓄。子规鸟又叫思归、催归,鸣声如"不如归去"。特别是在空山月夜,啼声更显得凄清。这里说"月落子规歇",正暗透出昨夜一夕,诗人独宿山驿,在子规的哀鸣声中翻动着羁愁归思的情景。这时,子规之声终于停歇,一直为它所牵引的归思也稍有收束,心境略趋平静。就在这种情境下,诗人忽然瞥见满庭盛开的山杏花,心中若有所触。

绝妙佳句

月落子规歇,满庭山杏花。

作者简介

  李商隐(约公元813—约858年),唐代诗人。字义山,号玉溪生,又号樊南子。原籍怀州河内(今河南沁阳),祖辈迁荥阳(今属河南)。初学古文。受牛党令狐楚赏识,入其幕府,并从学骈文。开成二年(公元837年),以令狐之力中进士。次年入属李党的泾原节度使王茂元幕府,王爱其才,以女妻之。因此受牛党排挤,辗转于各藩镇幕府,终身不得志。李商隐诗现存约600首。

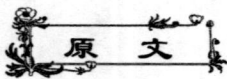

牡　丹

锦帏初卷卫夫人①，绣被犹堆越鄂君②。

垂手乱翻雕玉佩，折腰争舞郁金裙③。

石家蜡烛何曾剪④，荀令香炉可待熏⑤？

我是梦中传彩笔，欲书花叶寄朝云。

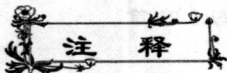

注　释

①"锦帏"句：据《典略》载：孔子回到卫国，受到南子接见。南子在锦帏中，孔子北面稽首，南子在帏中回拜，环珮之声璆然。这里借用典故以锦帏乍卷、容颜初露的卫夫人形容牡丹初放时的艳丽夺目含羞娇艳。

②"绣被"句：据《说苑·善说篇》记载，鄂君子皙泛舟河中，划桨的越人唱歌表示对鄂君的爱戴，鄂君为歌所动，扬起长袖，举绣被覆之。形象地描绘出牡丹花在绿叶的簇拥中鲜艳的风采。

③"垂手"二句：垂手、折腰：舞名，亦指舞姿。玉佩：舞女身上佩戴的玉制饰物。郁金裙：郁金草染色的裙。

④"石家"句：西晋石崇豪奢至极，用蜡烛当柴，烛芯自不必剪。

⑤荀令：荀彧，曾守尚书令。可待熏：曹操所有军政之事均与荀彧协商，呼之荀令君。据说他到人家，坐处三日香。旧时衣香皆由香炉熏成，荀令自然身香，所以说"可待熏"。

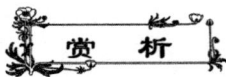

诗中花

这首七律诗是咏怀诗,诗人借咏牡丹来抒发对意中人的爱慕、相思之情。以花写人,暗示意念中的人如花似玉。

首联特写单株的牡丹。卫夫人指春秋时卫灵公的夫人南子,以美艳著称。借此来形容牡丹初放时的娇艳。诗人又将牡丹的绿叶想象成鄂君的绣被,将牡丹花想象成绣被覆盖的越人,想象丰富又形象。"犹堆"二字刻画花苞初盛时绿叶紧包的形状,与"初卷"相呼应。

颔联展示牡丹随风摇曳时的绰约丰姿。这两句以舞者翩翩起舞时垂手折腰,佩饰翻动,长裙飘扬的轻盈姿态来作比喻,牡丹花叶在迎风起舞时起伏翻卷、摇曳多姿的形象。

前两联重在描绘牡丹静中的形态,颈联具体地描写了牡丹的色香。"石家蜡烛何曾剪"形容牡丹的颜色像燃烧着的大片烛火,却无须修剪烛芯。"荀令香炉可待熏"是说牡丹的芳香本自天生,岂待香炉熏烘。

诗人陶醉于国色天香。他恍惚梦见了巫山神女,盼望她传授一支生花彩笔,将思慕之情题写在这花叶上,寄给巫山神女。梦中传彩笔,表明诗人心摇神荡的兴奋激动之情。

这首诗构思巧妙,借物比人,又以人拟物,借卫夫人、越人、贵家舞伎、石家燃烛、荀令香炉等故事描写牡丹花叶的风姿绰约、艳丽色彩和馥郁香味,使牡丹的情态毕现。最后诗人突发奇想,欲寄牡丹花叶于巫山神女。明写牡丹,暗颂佳人,一实一虚,别具一格,令人回味无穷。

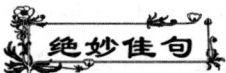

我是梦中传彩笔,欲书花叶寄朝云。

125

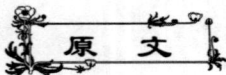

落 花

高阁①客竟去,小园花乱飞。

参差②连曲陌,迢递送斜晖。

肠断未忍扫,眼穿仍欲稀。

芳心③向春尽,所得是沾衣④。

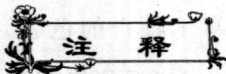

①高阁:高高的楼阁。此处指高朋满座之处。

②参差:指花影的迷离,承上句乱飞意。

③芳心:指花,也指自己看花的心意。

④沾衣:指流泪。

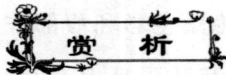

写这首诗时,诗人正陷入牛李党争之中,境况不佳,心情郁闷,本诗咏物伤己,以物喻己,感伤无尽。

一、二两句直接写落花。上句叙事,下句写景。落花虽早有,客在却浑然不觉,待到人去楼空,客散园寂,诗人孤寂惆怅之情顿上心头,诗人这才注意到满园缤纷的落花,而且心生同病相怜的情思,用语巧妙。

三、四两句从不同角度写落花的具体情状。上句从空间着眼,写落花飘拂纷飞,连接曲陌;下句从时间着笔,写落花连绵不断,无尽无休。对"斜晖"的点染,透露出诗人内心的不平静。整个画面笼罩在沉重黯淡的色调中,显示出诗人的伤感和悲哀。

五、六两句直接抒情。春去花落,"肠断未忍扫",诗人表达的不只是一般的怜花惜花之情,而是断肠人又逢落花的伤感之情。"眼穿仍欲稀",写出了诗人面对落花的痴情和执著。

七、八两句语意双关。花朵用生命装点了春天,却落得个凋残、沾衣的结局;而诗人素怀壮志,却屡遭挫折,也落得个悲痛失望、泪落沾衣、低回凄惨、感慨无限的人生际遇。

绝妙佳句

高阁客竟去,小园花乱飞。

花 下 醉

寻芳不觉醉流霞①，倚树沉眠②日已斜。

客散酒醒深夜后，更持③红烛赏残花。

注 释

①流霞：《抱朴子·被祛》学仙者项曼都言曰："仙人但以流霞一杯与我饮之，辄不渴。"这里用此代指酒。

②沉眠：酣睡。

③更持：轮换着拿着。

赏 析

如诗题所显示的，这是一首抒写对花的陶醉流连心理的小诗。

"寻芳不觉醉流霞"写出从"寻"到"醉"的过程。因为爱花，所以怀着浓厚的兴味、殷切的心情，特地独自去"寻芳"；既"寻"而果然喜遇；既遇遂深深为花之美艳所吸引，流连称赏，不能自已；流连称赏之余，竟不知不觉地"醉"了。这是双重的醉。流霞，是神话传说中一种仙酒。这里用"醉流霞"，含意双关，既明指为甘美的酒所醉，又暗喻为艳丽的花所醉。"不觉"二字，正传神地描绘出目眩神迷、身心俱醉而不自知其所以然的情态，笔意

文学常识丛书

极为超妙。

"倚树沉眠日已斜"进一步写"醉"字。因迷花醉酒而不觉倚树（倚树亦即倚花，花就长在树上）；由倚树而不觉沉眠；由沉眠而不觉日已西斜。这一句似从李白《梦游天姥吟留别》"迷花倚石忽已暝"句化出，深一层写出了身心俱醉的迷花境界。醉眠花下而不觉日斜，似已达到迷花极致而难以为继。

"客散"两句忽又柳暗花明，转出新境。在倚树沉眠中，时间不知不觉由日斜到了深夜，客人已经散去，酒也已经醒了，四周是一片夜的朦胧与沉寂。在这种环境气氛中，反到更激起赏花的意趣。酒阑客散，正可静中细赏；深夜之后，才能看到人所未见的情态。特别是当他想到日间盛开的花朵，到了明朝也许就将落英缤纷、残红遍地，一种对美好事物的深刻留恋之情便油然而生，促使他抓住这最后的时机领略行将消逝的美，于是，便有了"更持红烛赏残花"这一幕。诗人也就在持烛赏残花的过程中得到了新的也是最后的陶醉。

绝妙佳句

客散酒醒深夜后，更持红烛赏残花。

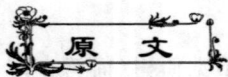

无 题

相见时难别亦难，东风无力百花残①。

春蚕到死丝②方尽，蜡炬成灰泪③始干。

晓镜但愁云鬓改④，夜吟应觉月光寒⑤。

蓬山此去无多路⑥，青鸟殷勤为探看⑦。

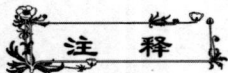

①"相见"两句说：相见难得，离别是更难舍难分，又何况是在百花凋谢的暮春时节分别啊！

②丝：双关语，与"思"谐音。

③蜡炬：蜡烛。泪：蜡烛燃烧时下流的油脂叫"烛泪"。

④晓镜：早晨照镜子。云鬓：旧时用以形容妇女浓软如云的鬓发，此借指面容仪态。改：指容颜变得憔悴。

⑤月光寒：指处境凄寂。

⑥蓬山：蓬莱山，相传为海中仙山之一。这里借指对方的住处。无多路：没有多远。

⑦青鸟：神话中为西王母传递信息的神鸟，这里指信使。探看：探望，慰问。

文学常识丛书

此诗写离别相思之情，"别亦难"是全篇的中心。首联以东风无力百花凋残象征爱情的幻灭；二联以新颖的比喻和双关手法表达无尽的相思，是脍炙人口的千古名句；三联设想对方的孤寂和相思，更见情意的厚重；尾联寄希望于青鸟，于失望中自劝，表现出一片痴情。全诗构思精巧，词句清丽，比兴象征，曲尽其妙，将伤别伤春之情表达得真切动人。

绝妙佳句

春蚕到死丝方尽，蜡炬成灰泪始干。

诗中花

131

作者简介

　　罗隐(公元833—910年),字昭谏,自号江东生。原名横,后因屡试不第,改名为隐。唐末人。罗隐工诗能文,与陆龟蒙、皮日休齐名,又与罗虬、罗邺并称"三罗",誉满江左。一生怀才不遇,同情劳苦大众,后世江南一带盛传"罗衣秀才"出语成谶故事。其主要著作有《江东甲乙集》《谗书》《淮海寓言》《两同书》《吴越掌记》等。又善行书,《宣和书谱》中曾录御府所藏罗隐行书数种,称其有"唐人典型"。

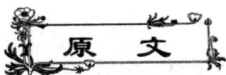

原文

蜂①

不论平地与山尖,无限风光尽被占②。

采得百花成蜜后,为谁辛苦为谁甜?

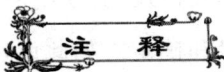

注 释

①蜂:蜜蜂。

②山尖:山头。无限风光:极其美好的风景。占:占有,占据。这两句是说不管是平地还是山头的美好风景,都让蜜蜂看到了、占有了。

赏 析

　　蜂为酿蜜而劳苦一生,积累甚多而享受甚少。这首诗赞美了蜜蜂辛勤劳动的高尚品格,也暗喻了作者对不劳而获的人的痛恨和不满。此诗艺术表现上值得注意的有三点:

　　第一,欲夺故予,反跌有力。此诗寄意集中在末两句的感喟上,慨蜜蜂一生经营,除"辛苦"而外并无所有。然而前两句却用几乎是矜夸的口吻,说无论是平原田野还是崇山峻岭,凡是鲜花盛开的地方,都是蜜蜂的领地。这里作者运用极度的副词、形容词——"不论""无限""尽"等等,和无条件句式,极称蜜蜂"占尽风光",似与题旨矛盾。其实这是正言欲反、欲夺故予

的手法,为末二句作势。

第二,叙述反诘,唱叹有情。此诗采用了夹叙夹议的手法,但议论并未明确发出,而运用反诘语气道之。前两句主叙,后两句主议。后两句中又是三句主叙,四句主议。"采得百花"已示"辛苦"之意,"成蜜"二字已具"甜"意。但由于主叙主议不同,末两句有反复之意而无重复之感。本来反诘句的意思只是:为谁甜蜜而自甘辛苦呢?却分成两问:"为谁辛苦""为谁甜",亦反复而不重复。言下辛苦归自己、甜蜜属别人之意甚显。而反复咏叹,使人觉感慨无穷。诗人矜惜怜悯之意可掬。

第三,寓意遥深,可以两解。"寓言"诗有两种情况:一种是作者为某种说教而设喻,寓意较浅显而确定;另一种是作者怀着浓厚感情观物,使物着上人的色彩,其中也能引出教训,但"寓意"就不那么浅显和确定。如此诗,大抵作者从蜂的"故事"看到那时辛苦人生的影子,但他只把"故事"写下来,不直接说教或具体比附,创造的形象也就具有较大灵活性。

绝妙佳句

采得百花成蜜后,为谁辛苦为谁甜?

作者简介

　　高蟾，河朔人。乾符三年（公元 876 年），登进士第。乾宁间，为御史中丞。家贫，工诗，气势雄伟。

下第后上①永崇高侍郎

天上碧桃②和露种,日边红杏倚云栽。

芙蓉生在秋江上,不向东风怨未开。

注释

①上:呈上。

②碧桃:仙桃。

赏析

唐朝的科举非常重视进士,因而新进士的待遇极优厚,每年曲江会,观者如云,极为荣耀。但是,晚唐科举场上弊端极多,诗歌中有大量反映,此诗就是其中著名的一首。

前两句用词富丽堂皇,对仗整饬精工,与所描摹的得第者平步青云的非凡气象十分贴切。"天上""日边",象征着得第者"一登龙门则身价十倍",地位不寻常;"和露种""倚云栽"比喻他们有所凭恃,特承恩宠;"碧桃""红杏",鲜花盛开,意味着他们春风得意、前程似锦。

"芙蓉生在秋江上"中的秋江芙蓉显然是作者自比。作为取譬的意象,芙蓉是由桃杏的比喻连类生发出来的。虽然彼此同属名花,但"天上""日

边"与"秋江"之上,所处地位极为悬殊。这种对照还有一层寓意:秋江芙蓉美在风神标格,与春风桃杏美在颜色妖艳不同。

"不向东风怨未开",话里带有讽刺的意味。表面只怪芙蓉生得不是地方(生在秋江上)、不是时候(正值东风),却暗寓自己生不逢时。

绝妙佳句

芙蓉生在秋江上,不向东风怨未开。

诗中花

作者简介

郑谷,字守愚,袁州人。光启三年(公元 887 年)擢第,官右拾遗,历都官郎中。幼即能诗,名盛唐末。有《云台编》3 卷,《宜阳集》3 卷,《外集》3 卷,今编诗 4 卷。

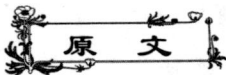

菊

王孙莫把比蓬蒿，九日①枝枝近鬓毛。

露湿秋香满池岸，由来不羡瓦松②高。

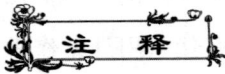

注 释

①九日：九月初九重阳节。

②瓦松：一种寄生在高大建筑物瓦檐处的植物，形似松。

赏 析

这是一首咏菊诗，虽然通篇不着一个菊字，但是句句都没有离开菊，从菊的貌不惊人，写到人们爱菊，进而写菊花的高尚品格，点出他咏菊的主旨。很明显，这首咏菊诗是诗人托物言志的，用的是一种象征手法。

菊和蓬蒿有一些类似的地方，那些四体不勤、五谷不分的公子王孙，是很容易把菊当作蓬蒿的。诗人劈头一句，就告诫他们莫要把菊同蓬蒿相提并论。这一句起得突兀，直截了当地提出问题，有高屋建瓴之势，并透露出对王孙公子的鄙夷之情。作为首句，有提挈全篇的作用。

"九日枝枝近鬓毛"，紧承首句点题。每年阴历九月九日，是人所共知的重阳节。古人在这一天，有登高和赏菊的习惯，饮菊花酒，佩茱萸囊，还

采撷菊花插戴于鬓上。诗人提起这古老的传统风习，就是暗点一个"菊"字，同时照应首句，说明人们与王孙公子不一样，对于菊是非常喜爱尊重的。

"露湿秋香满池岸"，描写秋天早晨景象：太阳初升，丛丛秀菊，饱含露水，湿润晶莹，明艳可爱；缕缕幽香，飘满池岸，令人心旷神怡，菊花独具的神韵风采，跃然纸上。在这里，"湿"字很有讲究，让人想见那片片花瓣缀满露珠，分外滋润，分外明丽。"满"字形象贴切，表现出那清香是如何沁人心脾，不绝如缕。从中我们不仅看到了菊花特有的形象，也感受到了菊花和那特定的环境、特定的氛围交织融合所产生的魅力。

描绘完菊的气质以后，诗人很自然地归结到咏菊的主旨："由来不羡瓦松高。"瓦松虽能开花吐叶，但"高不及尺，下才如寸"，没有什么用处。作者以池岸边的菊花与高屋上的瓦松作对比，意在说明菊花虽生长在沼泽低洼之地，却高洁、清幽，毫不吝惜地把它的芳香献给人们；而瓦松虽踞高位，实际上"在人无用，在物无成"。在这里，菊花被人格化了，作者赋予它以不求高位、不慕荣利的思想品质。"由来"与"不羡"相应，更加重了语气，突出了菊花的高尚气节。这结尾一句使诗的主题在此得到了揭示，诗意得到了升华。

绝妙佳句

露湿秋香满池岸，由来不羡瓦松高。

作者简介

　　韦庄(公元836—910年),字端己,长安杜陵(今属陕西长安县)人,昭宗乾宁元年(公元894年)进士。其诗词都很有名,长诗《秦妇吟》反映战乱中妇女的不幸遭遇,在当时负盛名。所作词语言清丽温婉,多用白描手法,写闺情离愁和游乐生活,情凝词中,读之始化,以至弥漫充溢于脏腑。其与温庭筠同为花间派的重要词人。词结有《浣花词》。

忆 昔

昔年曾向五陵①游,子夜歌②清月满楼。

银烛树前长似昼,露桃花里不知秋。

西园公子名无忌③,南国佳人号莫愁④。

今日乱离俱是梦,夕阳唯见水东流!

注 释

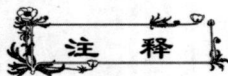

①五陵:长安城外唐代贵族聚居地。

②子夜歌:乐府古曲。

③西园公子:曹魏时,曹丕、曹植为公子时曾居"西园",在此夜宴文士。无忌:战国时魏国公子信陵君的名字。

④莫愁:相传是南国一善歌少女的名字。乐府诗《莫愁乐》云:"莫愁在何处?莫愁石城西。"石城即今南京。

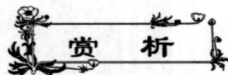

赏 析

黄巢起义军攻破长安时,韦庄正来京城应试,目睹这座古都的兴替盛衰,抚今伤昔,写下了这首"感慨遥深,婉而多讽"的七律。

"昔年曾向五陵游"句中的"五陵"不单指代长安,也泛指当时贵族社

会。"子夜歌清月满楼"句中的《子夜歌》是乐府古曲,歌词多写男女四时行乐之情,诗人以此讽刺豪门贵族一年四季追欢逐乐、笙歌达旦的奢靡生活。分明讽其沉湎声色,却用"月满楼"为衬景,把讽意深藏在溶溶月色中,不露声色。

"银烛树前长似昼",取邢邵"夕宴银为烛"诗意,写王公豪富之家酒食征逐,昼夜不分,也是意存鞭挞,而赋色清丽,辞意似依违于美刺之间。四句"露桃花里不知秋",语出王昌龄《春宫曲》"昨夜风开露井桃",暗指宫廷,斥其沉迷酒色以至春秋不辨,同样辞旨委婉,蕴藉不吐。

"西园公子名无忌,南国佳人号莫愁",于对仗工绝之外,尤见使事之巧,尽委婉深曲之能事。韦庄巧妙地把曹魏之"魏"与战国七雄之"魏"牵合在一起,由此引出"无忌"二字。但又不把"无忌"作专名看待,仅取其"无所忌惮"之意。这句诗的实际意思是指斥王孙公子肆无忌惮。"莫愁"同此手法,用传说中一位美丽歌女的名字,慨叹浮华女子不解国事,深寓"隔江犹唱后庭花"的沉痛。

全诗以"昔年"领起,前六句紧扣题旨"忆"字,描绘昔日繁华景象。末联一跌,顿起波澜,发为变徵之音,结出无限感慨。诗中隐含着对上层统治阶层醉生梦死、竞逐奢靡的批判,抒发了诗人对社稷倾危的感叹。只是由于用语华艳,给全诗蒙上了一层粉红色的轻纱,使人乍读之难察幽隐,细品之却有深意。

绝妙佳句

今日乱离俱是梦,夕阳唯见水东流!

作者简介

杜荀鹤(公元 846—907 年),字彦之,号九华山人,池州石埭(今属安徽)人。出身寒微,昭宗大顺进士,时已 46 岁。唐亡,附朱温,任翰林学士。工诗,长于近体,尤工七律,多描写变乱之作。

春宫怨

早被婵娟①误，欲妆临镜慵②。

承恩不在貌，教妾若为容。

风暖鸟声碎，日高花影重。

年年越溪女③，相忆采芙蓉。

145

①婵娟：容貌美好的样子。

②慵：意怠身懒。

③越溪女：西施在越溪浣纱的女伴，借指宫女当年的女伴。

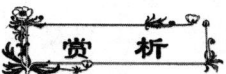
此为借宫女以自伤，抒发怀才不遇怨恨情绪之作。前四句写宫女自怨自艾，以怨恨自己为美貌所误，抨击了帝王不分贤愚、轻才重貌的昏庸；后四句写春日中的触景忆昔，以昔日之欢乐反衬今日之孤独，不说怨而愈觉怨深。全诗从宫女所感、所闻、所见、所忆着笔，意境浑成。《幕府燕闲录》说："杜荀鹤诗鄙俚近俗，惟《宫词》为唐第一。"

绝妙佳句

风暖鸟声碎,日高花影重。

作者简介

　　黄巢(？—公元884年)，唐末农民起义领袖，曹州冤句(今山东荷泽)人。举进士不第，公元875年率领数千人在曹州起义，公元878年继王仙芝死后被推为领袖，称冲天大将军。公元881年攻破唐朝京都长安，建立农民政权，国号大齐。但由于没有建立较稳固的根据地和未乘胜追歼残余势力，使敌人得以反扑。后因弹尽粮绝，被迫撤出长安，转战山东，公元884年在泰山狼虎谷战败自杀。

题 菊 花

飒飒西风①满院栽，蕊②寒香冷蝶难来。

他年我若为青帝③，报④与桃花一处开。

①西风：指秋风。

②蕊：花蕊，花心。

③他年：将来，含有"有朝一日"的意思。青帝：传说中掌管春天的神。

④报：告诉。

文学常识丛书

唐末诗人林宽说："莫言马上得天下，自古英雄皆解诗。"古往今来，确有不少能"解诗"的英雄，唐末农民起义领袖黄巢就是其中突出的一个。黄巢的菊花诗，完全脱出了同类作品的窠臼，表现出全新的思想境界和艺术风格。

第一句"飒飒西风满院栽"是写满院菊花在飒飒秋风中开放。"西风"点明节令，逗起下句；"满院"极言其多。说"栽"而不说"开"，是避免与末句重韵，同时"栽"字本身也给人一种挺立劲拔之感。写菊花迎风霜开放，以显示其劲节，这在文人的咏菊诗中也不难见到；但"满院栽"却显然不同于

文人诗中菊花的形象。无论是表现"孤标傲世"之情,"孤高绝俗"之态或"孤子无伴"之感,往往脱离不了一个"孤"字。黄巢的诗独说"满院栽",是因为在他心目中,这菊花是劳苦大众的象征,与"孤"字无缘。

"蕊寒香冷蝶难来"是说在飒飒秋风中,菊花似乎带着寒意,散发着幽冷细微的芳香,不像在风和日丽的春天开放的百花,浓香竞发,因此蝴蝶也就难得飞来采掇菊花的幽芳了,这不能不说是极大的憾事。在旧文人的笔下,这个事实通常总是引起两种感情:孤芳自赏与孤子不偶。作者却不这么想,他认为"蕊寒香冷"是因为菊花开放在寒冷的季节,他自不免为菊花的开不逢时而惋惜、而不平。

"他年"两句正是诗人上述感情的自然发展,揭示环境的寒冷和菊花命运的不公平。作者想象有朝一日自己作了"青帝"(司春之神),就要让菊花和桃花一起在春天开放。这一充满强烈浪漫主义激情的想象,集中地表达了作者的宏伟抱负。

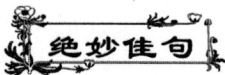

诗中花

绝妙佳句

他年我若为青帝,报与桃花一处开。

菊　花

待到秋来九月八①,我花开后百花杀②。

冲天香阵③透长安,满城尽带黄金甲④。

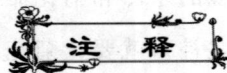

①九月八:古代九月九日为重阳节,有登高赏菊的风俗。说"九月八"是为了押韵。

②我花:菊花。杀:凋谢。

③香阵:阵阵香气。

④黄金甲:金黄色的铠甲,此指菊花的颜色。

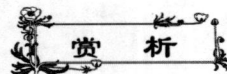

黄巢的这首菊花诗,无论从意境、语言,还是手法上,都使人耳目一新。这种艺术想象是与他的世界观和生活实践相联系的。没有黄巢那样的革命抱负、战斗性格,就不可能有"我花开后百花杀"这样的奇语和"满城尽带黄金甲"这样的奇想。

诗的第一句"待到秋来九月八"意即等到菊花节那一天。这首诗押入声韵,作者要借此造成一种斩截、激越、凌厉的声情气势。"待到"二字,似

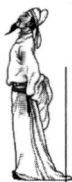

脱口而出，其实分量很重。因为作者要"待"的那一天，是天翻地覆、扭转乾坤之日，因而这"待"是充满热情的期待，是热烈的向往。而这一天，又绝非虚无缥缈，而是如同春去秋来，时序更迁那样，一定会到来的，因此，语调轻松、跳脱，充满信心。

"待到"那一天又怎样呢？照一般人的想象，无非是菊花盛开，清香袭人。作者却说"我花开后百花杀"。菊花开时，百花都已凋零，这本是自然界的规律，也是人们习以为常的自然现象。这里特意将菊花之"开"与百花之"杀"（凋零）并列在一起，构成鲜明的对照，以显示其间的必然联系。作者亲切地称菊花为"我花"，显然是把它作为广大被压迫人民的象征，那么，与之相对立的"百花"自然是喻指反动腐朽的封建统治集团了。这一句斩钉截铁，形象地显示了农民革命领袖果决坚定的精神风貌。

"冲天香阵透长安，满城尽带黄金甲"两句极写菊花盛开的壮丽情景：整个长安城，都开满了带着黄金盔甲的菊花。它们散发出的阵阵浓郁香气，直冲云天，浸透全城。这是菊花的天下、菊花的王国，也是菊花的盛大节日。想象的奇特，设喻的新颖，辞采的壮伟，意境的瑰丽，都可谓前无古人。

绝妙佳句

冲天香阵透长安，满城尽带黄金甲。

作者简介

　　吴融,唐代诗人。字子华,越州山阴(今浙江绍兴)人。生卒年不详。昭宗龙纪元年(公元889年)登进士第。曾随宰相韦昭度出讨西川,任掌书记,累迁侍御史。有《唐英歌诗》三卷,明汲古阁刊本。事述见《新唐书》本传、《唐诗纪事》《唐才子传》。

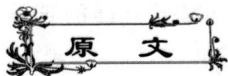

途中见杏花

一枝红艳出墙头①,墙外行人②正独愁。

长得看来犹有恨,可堪逢处更难留!

林空色暝③莺先到,春浅香寒蝶未游。

更忆帝乡千万树,澹④烟笼日暗神州。

注 释

①"一枝"句:是宋人叶绍翁《游园不值》中的诗句"春色满园关不住,一枝红杏出墙来"的化用。

②墙外行人:指作者自己。

③暝:日落,天黑。

④澹:恬静、安然的样子。

赏 析

杏花开放正值春天到来的时候,那娇艳的红色就仿佛青春和生命的象征。经历过严冬漫长蛰居生活的人,早春季节走出户外,忽然望见邻家墙头上伸出一枝俏丽的花朵,想到春回大地,心情该是多么欣喜激动!可是吴融对此却别有衷怀。他正独自奔波于茫茫的旅途中,各种忧思盘结胸

间,那枝昭示着青春与生命的杏花映入眼帘,却在他心头留下异样的苦涩滋味。

"长得看来犹有恨,可堪逢处更难留"是说诗人并不是不爱鲜花,不爱春天,但他想到,花开易落,青春即逝,就是永远守着这枝鲜花观赏,又能看得几时?想到这里,不免牵惹起无名的惆怅情绪。更何况自己行色匆匆,难以驻留,等不及花朵开尽,即刻就要离去。缘分如此短浅,怎不令人倍觉难堪?

"林空色暝莺先到,春浅香寒蝶未游"是说由于节候尚早,未到百花吐艳春意浓的时分,一般树木枝梢上还是空疏疏的,空气里的花香仍夹带着料峭的寒意,蝴蝶不见飞来采蜜,只有归巢的黄莺聊相陪伴。在这种情景下独自盛开的杏花,难道不感到有几分孤独寂寞吗?这里显然融入诗人的身世之感,而杏花的形象也就由报春使者,转化为诗人的自我写照。

"更忆帝乡千万树,澹烟笼日暗神州"则是从眼前的鲜花联想及往年在京城长安看到的千万树红杏。那一片蒙蒙的烟霞,辉映着阳光,弥漫、覆盖在神州大地上,景象是何等绚丽夺目呀!浮现于脑海的这幅长安杏花图,实际上代表着他深心忆念的长安生活。诗人被迫离开朝廷,到处飘零,心思仍然萦注于朝中。末尾这一联想的飞跃,恰恰泄露了他内心的秘密,点出了他的愁怀所在。

绝妙佳句

林空色暝莺先到,春浅香寒蝶未游。

154

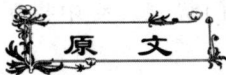

卖 花 翁

和烟和露一丛花,担入宫城许史①家。

惆怅东风无处说,不教闲地着春华②。

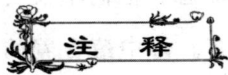

①许史:西汉宣帝时的两家外戚。此处借指权贵豪族。

②"惆怅"二句:东风有无处诉说的惆怅,因为野外见不到艳丽的春光。

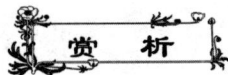

155

赏玩花本出于人们爱美的天性,但在衣不蔽体、食不果腹的旧社会里耽玩花朵又往往形成富贵人家的特殊嗜好。唐代长安城就盛行着这样的风气。白居易有《买花》诗,真切地反映了这种车马若狂、相随买花的社会习俗,并通过篇末"一丛深色花,十户中人赋"的评语,对贵家豪门的奢靡生活予以揭露。吴融的这首《卖花翁》,触及同样的题材,却能够不蹈袭前人窠臼,别立新意。

"和烟"二句交代出卖花翁把花送入贵家的事实。和烟和露,形容花刚采摘下来时缀着露珠、冒着水气的样子,极言其新鲜可爱。许氏与史氏,汉宣帝时的外戚。"许"指宣帝许皇后家,"史"指宣帝祖母史良娣家,两家都

在宣帝时受封列侯,贵显当世,所以后人常用来借指豪门势家。诗中指明他们住在宫城以内,当是最有势力的皇亲国戚。

"惆怅"二句抒发作者的感慨。东风送暖,大地春回,鲜花开放,本该是一片烂漫风光。可如今豪门势家把盛开的花朵都闭锁进自己的深宅大院,剩下那白茫茫的田野,不容点缀些许春意,景象又是何等寂寥!"不教"一词,显示了豪富人家的霸道,也隐寓着诗人的愤怒。但诗人不把这愤怒直说出来,却托之于东风的惆怅。东风能够播送春光,而不能保护春光不为人攫走,这真是莫大的憾事;可就连这一点憾恨,又能到哪里去申诉呢?权势者炙手可热,于此可见一斑。

这首诗由卖花引出贵族权门贪得无厌、独占垄断的罪恶。他们不仅要占有财富,占有权势,连春天大自然的美丽也要攫为己有。诗中蕴含着的这一尖锐的讽刺,比之白居易《买花》诗着力抨击贵人们的豪华奢侈,在揭示剥削者本性上有了新的深度。表现形式上也不同于白居易诗那样直叙铺陈,而是以更精炼、更委婉的笔法曲折达意,以小见大,充分体现了绝句的灵活性。

绝妙佳句

惆怅东风无处说,不教闲地着春华。

作者简介

张泌，字子澄，淮南（今江苏扬州）人。南唐时为句容县（今属江苏）尉、内史舍人。诗多羁旅行役，触景伤情之作。

寄　人

别梦依依到谢家^①,小廊回合^②曲阑斜。

多情只有春庭月,犹为离人照落花。

注释

①谢家:东晋才女谢道韫,此借指女方的家。

②回合:四面环绕。

赏析

　　此为寄赠所爱者以表示深切思念之作。前两句写入梦,曲折的栏杆、回环的走廊,依旧与往昔一样,但所思之人却不见踪影。梦中的惆怅更渲染出现实中相思的难堪。后两句写梦醒后的表情动作,信步闲庭,见明月照着落花,于是感到明月有情,所以深夜相伴,言外之意是埋怨对方别后的杳无音讯。全诗含蓄淳朴,善于借助富有情趣的景物描写,表达缠绵委曲的思想感情。

绝妙佳句

　　多情只有春庭月,犹为离人照落花。

作者简介

　　王安石(1021－1086 年)，字介甫，号半山，临川(今属江西)人。庆历二年(1042 年)进士。由签书淮南判官迁知鄞县。嘉祐三年(1058 年)上万言书于仁宗，主改革。神宗熙宁二年(1069年)任参知政事，次年，同中书门下平章事。推行新政，创青苗、水利、均输、保甲、免役、市易、方田诸法。被司马光等反对，退居江宁。有《临川集》100 卷，今存。

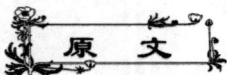

北陂①杏花

一陂春水饶花身,身影妖娆②各占春。

纵被东风吹作雪,绝胜③南陌碾成尘。

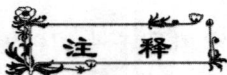

①北陂:当是小地名。

②妖娆:娇媚。

③绝胜:远比……为好。

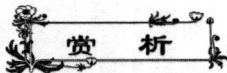

这是一首写杏花的诗。写临水的杏花,所以岸上花身与水中花影同时出现在诗人笔下。王安石别有《杏花》五古云:"石梁度空旷,茅屋临清泂。俯窥娇娆杏,未觉身胜影。嫣如景阳妃,含笑堕宫井。怊怅有微波,残妆坏难整。"也通篇写临水杏花,侧重花影,而不着一水字,极工巧,极情韵,可以用来补充本诗。至于本诗后两句,是作者用来比喻自己不愿同流合污的刚强性格,则是非常明显的。

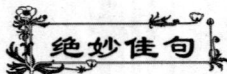

一陂春水饶花身,身影妖娆各占春。

作者简介

　　苏轼(1037—1101年),字子瞻,号东坡居士,眉山人。北宋文学家,嘉佑进士。神宗时曾任祠部员外郎,因反对新法求外职,任杭州通判,知密州、涂州、湖州,后以诗罪贬黄州。哲宗时任翰林学士,曾出知杭州、颖州等,官至礼部尚书,后又贬谪惠州、儋州。北还后第二年病死常州。

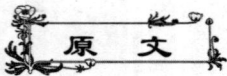

海　棠

东风袅袅泛崇光^①,香雾空蒙^②月转廊。

只恐夜深花睡去,故烧高烛照红妆。

①袅袅:微风轻轻吹拂的样子。泛:透出。崇:隆重,华美。光:光泽。
②空蒙:雾气迷茫的样子。

　　苏轼谪居黄州时居于定惠院之东,杂花满山,而独海棠一株土人不知贵,这株幽居独处的海棠被苏轼视为知己,作者由花及人生发奇想,深切巧妙地表达了爱花惜花之情。唐明皇以杨贵妃贵喻海棠。而诗人在此以花喻人。在诗人想象中,眼前这株海棠花也会像人一样因夜深而睡,所以特意点燃高烛,使她不致睡去。爱花至此,令人慨叹。诗人在此叹良辰之易逝,伤盛时之不再,为人们广泛传诵。

只恐夜深花睡去,故烧高烛照红妆。

作者简介

陆游(1125—1210 年),南宋爱国诗人。字务观,号放翁,越州山阴(今浙江省绍兴市)人。一生创作了大量作品。今存诗,将近万首,题材广泛,内容丰富。还有词 130 首和大量的散文。其中,诗的成就最为显著。前期多为爱国诗,诗风宏丽、豪迈奔放。后期多为田园诗,风格清丽、平淡自然。他继承并发扬了古典诗歌现实主义和浪漫主义的优良传统,在当时和后代的文坛上产生了深刻影响。

临安春雨初霁

世味①年来薄似纱,谁令骑马客京华②?

小楼一夜听春雨,深巷明朝卖杏花。

矮纸斜听闲作草③,晴窗细乳戏分茶④。

素衣⑤莫起风尘叹,犹及清明可到家。

①世味:世情。

②骑马客京华:古代贵人骑马,贫贱人骑驴。说骑马,暗示自己又被召作官。淳熙十三年(1186年)春,陆游奉命权知严州(今浙江建德)事,到任之前,先到京城临安办理手续。

③矮纸:短纸,古人写字的纸卷成卷子,所以不说小纸而说矮纸。作草:写草书。这里说闲草书,是暗示客居无事。

④细乳:沏茶时水面呈白色的小泡沫。分茶:鉴别茶的等级,这里就是品茶的意思。

⑤素衣:白衣。这句借用陆机"京洛多风尘,素衣化为缁"两句诗,连同下句意思是说,不久即可回家,不必慨叹京城官场中的风气会污染了自己。

诗中花

165

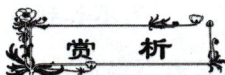

陆游自 1178 年得到宋孝宗召见以后,他并未得到重用,只是在福建、江西做了两任提举常平茶盐公事;家居 5 年,更是远离政界,但对于政治舞台上的倾轧变幻,对于世态炎凉,他是体会得更深了。所以诗的开头就用了一个独具匠心的巧譬,感叹世态人情薄得就像半透明的纱。世情既然如此薄,何必出来做官?所以下句说:为什么骑了马到京城里来,过这客居寂寞与无聊的生活呢?

"小楼一夜听春雨,深巷明朝卖杏花"两句是陆游的名句,语言清新隽永。诗人只身住在小楼上,彻夜听着春雨的淅沥;次日清晨,深幽的小巷中传来了叫卖杏花的声音,告诉人们春已深了。绵绵的春雨,由诗人的听觉中写出;而淡荡的春光,则在卖花声里透出。写得形象而有深致。其实,陆游这里写得极为含蓄深蕴,他虽然用了比较明快的字眼,但用意还是要表达自己的郁闷与惆怅,而且正是用明媚的春光作为背景,才与自己落寞情怀构成了鲜明的对照。在这明艳的春光中,诗人在作什么呢?于是有了"矮纸斜行闲作草,晴窗细乳戏分茶"两句。

陆游擅长行草,客居京华,闲极无聊,所以无事而作草书,晴窗下品着清茗,表面上看,是极闲适恬静的境界,然而在这背后,正藏着诗人无限的感慨与牢骚。陆游素来有为国家作一番轰轰烈烈事业的宏愿,而严州知府的职位本与他的素志不合,何况觐见一次皇帝,不知要在客舍中等待多久!国家正是多事之秋,而诗人却在以作书品茶消磨时光,真是无聊而可悲!于是再也捺不住心头的怨愤,写下了结尾"素衣莫起风尘叹,犹及清明可到家"两句。

这两句是化用陆机《为顾彦先赠妇》中的诗句,诗中云:"京洛多风尘,素衣化为缁",不仅指羁旅风霜之苦,又寓有京中恶浊,久居为其所化的意思。陆游则反用其意,其实是自我解嘲。"莫起风尘叹",是因为不等到清明就可以回家了,然回家本非诗人之愿。因京中闲居无聊,志不得伸,故不如回乡躬耕。"犹及清明可到家"实为激楚之言。偌大一个杭州城,竟然容不得诗人有所作为,悲愤之情见于言外。

绝妙佳句

小楼一夜听春雨,深巷明朝卖杏花。

作者简介

　　叶绍翁,南宋中期诗人,生卒年不详。字嗣宗,祖籍建安(今福建建瓯),本姓李,后嗣于龙泉(今属浙江)叶氏。他长期隐居钱塘西湖之滨,与葛天民互相酬唱。叶绍翁是江湖派诗人,他的诗以七言绝句最佳,《游园不值》历来为人们所传诵。叶绍翁有诗集《靖逸小集》,有《南宋群贤小集》本。他别著《四朝闻见录》,杂叙宋高宗、孝宗、光宗、宁宗四朝轶事,颇有史料价值,有《知不足斋丛书》本、《丛书集成》本。

游园不值①

应怜屐齿②印苍苔，小扣柴扉③久不开。

春色满园关不住，一枝红杏出墙来。

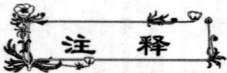

注释

①不值：没有遇到人。

②屐齿：木屐底下两头的突出部分。

③小扣：轻轻地敲。柴扉：用树枝编成的简陋的门。

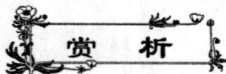

赏析

这是一首无法游玩、却胜于游玩的别具一格的记游诗。首句又作"应嫌屐齿印苍苔""嫌"字用得不是太好，它似乎在表现园主人闭门谢客、远离尘嚣的清高，但清高得有点做作。倒是"怜"字有情致，高齿的木板鞋不避苔滑路僻，去探访春天的消息，其锲而不舍的精神是值得怜惜、同情，尽管它吃了"闭门羹"，轻拍木编门扇而久久不见打开。"嫌"是从推测园主人感情的角度落笔，"怜"则是从探访春色者的游兴的角度落笔，后者更贴合"游园不值"的诗题。

尽管没有缘分进得园门游赏，有点扫兴，但扫兴之余惊喜地发现奇遇、奇兴,由一枝红杏出墙,想象着墙内满园春色灿烂夺目,这就把"屐齿游园"转化为"精神游园"了。失望后的意外精神补偿,弥足珍贵。春色在这么一"关"一"出"之间,冲破围墙,溢出园外,显示出一种蓬蓬勃勃、关锁不住的生命力度。到底自然界比园主人更能体贴游人的情趣,这就不仅是游人怜屐,而且春色派遣红杏使者也来怜屐了。

绝妙佳句

　　春色满园关不住,一枝红杏出墙来。

作者简介

　　王冕(1287—1359 年)，元代著名画家、诗人。字元章，号煮石山农、放牛翁、会稽外史、梅花屋主等，浙江人，出身农家。学识深邃，能诗，善画墨梅。隐居九山，以卖画为生。画梅以胭脂作没骨体，或花密枝繁，别具风格，亦善写竹石。兼能刻印，用花乳石作印材，相传是他始创。著有《竹斋集》。

墨　梅①

我家洗砚池②头树,朵朵花开淡墨痕。

不要人夸颜色好,只留清气满乾坤。

注　释

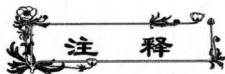

①墨梅:水墨画的梅花。

②洗砚池:写字、画画后洗笔洗砚的池子。王羲之有"临池学书,池水尽黑"的传说。这里化用这个典故。

赏　析

　　这首诗是一首题画诗。诗人赞美墨梅不求人夸,只愿给人间留下清香的美德,实际上是借梅自喻,表达自己对人生的态度以及不向世俗献媚的高尚情操。

　　一、二两句直接描写墨梅。画中小池边的梅树,花朵盛开,朵朵梅花都是用淡淡的墨水点染而成的。"洗砚池",化用王羲之"临池学书,池水尽黑"的典故。诗人与晋代书法家王羲之同姓,故说"我家"。

　　三、四两句盛赞墨梅的高风亮节。它由淡墨画成,外表虽然并不娇艳,但具有神清骨秀、高洁端庄、幽独超逸的内在气质;它不想用鲜艳的色彩去

吸引人,讨好人,求得人们的夸奖,只愿散发一股清香,让它留在天地之间。这两句正是诗人的自我写照,表现了诗人鄙薄流俗,独善其身,孤芳自赏的品格。

这首诗题为"墨梅",意在述志。诗人将画格、诗格、人格有机地融为一体。字面上在赞誉梅花,实际上是赞赏自己的立身之德。

绝妙佳句

不要人夸颜色好,只留清气满乾坤。